Thibault Bérard

LE ROYAUME DÉTRAQUÉ

Bayard Jeunesse

À mon fils Samuel, qui voyage entre les mondes.

18 rue Barbès, 92128 Montrouge Cedex
ISBN : 979-10-363-5849-4
Dépôt légal : janvier 2025

Loi n° 49-956 du 16 juillet 1949 sur les publications destinées à la jeunesse.

« We can be heroes. »

David Bowie, *Heroes*.

« On ne perd personne. Tu n'es pas perdue.
Je ferme les yeux et tu es là. »

Joe Hill, *Locke & Key*.

« Bon sang, mais t'allais tuer ce gars-là ?
– Bien sûr, je suis un Terminator. »

James Cameron, *Terminator 2*.

Première partie : Humains

1 La Marmite de la Honte

2 M. Lescal

3 Notre équipe

Premier interlude : *Turan*

4 On a bien le droit de rêver

5 Diversion

Deuxième interlude : *Joris et Lya*

6 Cécilia et eux

Troisième interlude : *Aristide*

Deuxième partie : Héros

Premier interlude : *Terrak le Ravageur*

1 Le réveillon de Noël

2 M. Magnard

3 Notre histoire

Deuxième interlude : *Le Mage dément*

4 Rêver ne sert à rien

5 Projection

Troisième interlude : *Le cyborg spécial*

6 Cécilia et nous

Petite note pour toi qui ouvres ce roman…

Tu remarqueras vite que les personnages de ce livre, bien qu'ils appartiennent parfois à deux réalités très différentes, partagent au moins une chose : ils ont du cinéma plein la tête. C'est pourquoi on verra jaillir dans le roman de nombreuses références, en paroles ou en pensées, à des répliques et à des images tirées de films.

*Ces références sont signalées dans le roman par le signe *, qui renvoie, en fin de livre, à la liste complète des films cités.*

Bonne lecture : maintenant, c'est à toi de jouer !

PREMIÈRE PARTIE
HUMAINS

1
LA MARMITE DE LA HONTE

Vendredi 9 décembre 2022,
une ville de province perdue quelque part en France.

– Alors ?

– Alors, mes agneaux, je vais vous dire : *c'est peut-être bourré de vitamines, mais ça a vraiment un goût de chiottes* !*

Les mains cramponnées à la marmite dans laquelle il vient de plonger la tête, Jamal éclate de rire. Un rire si puissant qu'on le sent vibrer jusque dans nos os.

À l'horizon, en amont de la décharge publique, on distingue notre collège, planté sur sa butte, avec la ville qui s'étend autour comme une maladie de peau. Nos souffles glacés se mêlent dans l'air et on grelotte malgré nos manteaux et nos écharpes.

Jamal rit toujours, et même de plus en plus fort. On reste perplexes devant son visage qui ruisselle de l'atroce mixture verdâtre, ses dents qui luisent dans ce potage et ses épaules qui tressautent en rythme. Durant tout ce temps, ses yeux bleu clair nous fixent avec une sorte de détresse. Il attend désespérément qu'on se joigne à lui.

Et finalement, on cède.

On rit, d'abord en se forçant, puis à pleine gorge. Parce que, même si la situation de départ n'a rien de comique, personne ne peut résister à un rire pareil. Le rire de Jamal…

Jamal, en vérité, c'est un prince. Le prince d'un royaume de merde – on peut le dire, étant donné qu'il trône sur un WC hors d'usage qu'on est allés repêcher en bas de la décharge. Mais un prince malgré tout. La vieille pelle qu'il agite au-dessus de la marmite pourrait très bien être un sceptre, et je n'ai pas beaucoup d'efforts à faire pour imaginer que la serviette de plage miteuse qu'il a nouée par-dessus son cher duffle-coat à motifs écossais est une cape de damas, ou de grenat, enfin un de ces tissus luxueux que les nobles portaient au Moyen Âge. Il a même trouvé un arceau en métal rouillé qui fait une couronne acceptable.

Jamal est un prince, je n'ai aucun doute à ce sujet.

Maintenant que « le calice a été bu jusqu'à la lie », pour reprendre son expression, il s'arrache à son trône de misère – et moi, en regardant sa silhouette bedonnante qui se découpe sur l'horizon, je vois l'index d'un empereur se dresser, comme pour pointer un nouveau territoire à conquérir. Un index boudiné, certes, mais inflexible.

Depuis toujours, dans la bizarre main de lépreux que nous formons à quatre, Jamal représente ce doigt-là : celui qui nous rappelle la direction à suivre.

Pour filer cette métaphore manuelle, je dirais que mon frère jumeau Maxime est l'auriculaire, à cause de sa petite taille et de son caractère effacé, tandis que je suis l'annulaire, le doigt des engagements sacrés, étant une fille loyale, sérieuse, respectueuse, responsable, appliquée, docile, studieuse, discrète, timide, réservée – en un mot : chiante.

Quant à Siméon, il écope du rôle de bouffon, et je ne vois pas mieux pour le dépeindre qu'un majeur effrontément tendu. Le doigt qui ferait mieux de rester discret, vu que les gens n'aiment pas trop qu'on le leur brandisse sous le nez. Le problème, c'est que la discrétion n'est pas le fort de Siméon. Il n'a jamais été capable de museler une bonne vanne quand elle lui vient à la bouche, ainsi qu'en témoignent les hématomes qu'il arbore régulièrement au visage. Régulièrement et non sans fierté.

Son dernier coquard, il le doit à l'inévitable Nilton Lochet, lequel n'a pas apprécié d'être comparé à un « maitre-nageur de supermarché ». Il y a sûrement pire comme insulte, mais la patience de Nilton Lochet est à peu près aussi limitée que ses capacités de réflexion. Ça devrait inciter Siméon à y aller doucement avec lui… sauf qu'il fait tout le contraire.

Pourquoi ?

Parce que c'est ce qu'on fait, nous, les *freaks* de la troisième D du collège Alexandre-Dumas, obscur établissement égaré dans une obscure ville de province perdue quelque part dans l'est de la France. Toujours. On fait le contraire de ce qu'on devrait.

Moi y compris.

Moi, c'est Maxine. Oui, mes parents ont eu l'idée brillante de nommer leurs enfants jumeaux Maxime et Maxine, sûrement parce que c'était plus facile à retenir. Ça en dit long sur l'affection qu'ils nous portent, je trouve.

Mais je me présenterai mieux plus tard. Ce n'est pas dans mes habitudes d'être aussi brouillonne… Pour ma défense, le spectacle de mon Jamal ingurgitant cette marmite dégueulasse m'a perturbée.

Il n'y a que lui pour concevoir une pareille mise en scène. *La Marmite de la Honte.* Il fallait en avoir l'idée, déjà. Le but de l'opération ? Laver, à travers ce nébuleux rituel, une humiliation que d'autres – l'inévitable Nilton Lochet et ses deux sous-fifres – lui ont infligée, en se l'imposant cette fois à lui-même. De façon délibérée.

– J'avoue que j'ai du mal à saisir ton raisonnement, Jamal.

– Alors c'est que tu as mal écouté, Maxine. Tout est dans le « délibérée ». C'est ça qui fait la différence ! Tu vois, si c'est moi qui me l'impose, cette humiliation n'en est plus une : c'est une *décision*. Tu peux la trouver idiote, mais ça reste ma décision. Et ainsi, grâce au rituel de la Marmite, j'implanterai au cœur même de mon humiliation le concept de *décision* : c'est comme si j'inoculais un sérum de guérison à l'intérieur d'un fruit pourri.

– Mouais. Tu pourrais aussi essayer de te défendre, ou aller te plaindre à un prof. Je trouve ça tordu, ton truc.

– Les chemins droits m'ont toujours ennuyé, chère amie.

– Mais tu…

– Mais rien, Maxine. Le rituel de la Marmite est exactement ce dont j'ai besoin, là, tout de suite. J'irais jusqu'à dire qu'à partir du moment où je me serai infligé cette humiliation, elle ne pourra plus jamais m'atteindre, même si j'y étais à nouveau confronté ! Je serai immunisé. Après avoir bu jusqu'à la lie, *de façon délibérée*, la Marmite de la Honte, je pourrai oublier ce qui s'est passé ce matin.

– Jusqu'à ce qu'ils te fassent autre chose, a tempéré Siméon.

– Jusqu'à ce qu'ils me fassent autre chose, a admis Jamal.

Il s'est gratté le menton, a réprimé un frisson qu'on pouvait attribuer aussi bien au froid qu'à l'embarras, et il a ajouté :

– Cela dit, sur le terrain de la créativité, je gagnerai toujours, et c'est la seule chose qui compte à mes yeux. Les pauvres, ils manquent si cruellement d'imagination…

« Ce qui s'est passé ce matin », c'est une sordide scène de harcèlement comme Jamal en supporte trop souvent, depuis trop longtemps. L'inévitable Nilton Lochet et ses deux sous-fifres ont cru malin de lui plonger la tête dans les chiottes. Ha-ha.

C'est peut-être parce que je suis chiante comme la pluie, mais je ne comprendrai jamais en quoi le fait de torturer un garçon comme Jamal peut être drôle… tout ça pourquoi ? Parce qu'il est un peu trop gros, pas de la bonne couleur de peau et trop excentrique pour eux ?

Je crois que c'est surtout ce dernier point – le côté loufoque de Jamal – qui les rend fous de rage. Qui les excite. Si au moins il avait la décence de rester discret, comme mon frère, ils se contenteraient de l'appeler « Black Dumbo » quand ils le croisent dans les couloirs ou de lui faire tomber son sac à dos, comme ils le font avec mon frère. Même la stratégie de Siméon s'avère moins dangereuse : tout ce qu'il risque avec ses vannes, ce sont des coups. De temps en temps, il les provoque et à chaque fois, il encaisse une raclée. Ça ressemble à un petit jeu bien rodé.

Mais ce que ces brutes ne pardonnent pas à Jamal, c'est sa folie, cette force aussi paisible que gigantesque… inépuisable. Cette force-là, ils ne peuvent pas mettre la main dessus ; ils ne la comprennent pas. Ils savent seulement que, quoi qu'ils lui fassent, Jamal s'en relèvera. Il n'arrêtera jamais de cogiter et d'inventer des façons de se rendre la vie moins moche – même si ça doit passer par une marmite remplie de substances dégueu. Jamal parvient à voir du beau dans les endroits les plus improbables.

C'est bien cette force-là qu'ils essaient de noyer dans les chiottes, et au moment même où ils le font, ils pressentent que ça ne marchera pas. Et c'est pour ça qu'ils vont toujours plus loin.

Enfin, je suppose. Ça me dépasse un peu.

Quand on l'a trouvé, assis sur le carrelage des toilettes des garçons, les cheveux ruisselants de pisse, avec des petits morceaux de papier hygiénique collés sur les joues, on s'est dit que cette fois, ils avaient réussi à le briser.

Mais Jamal est Jamal. Après avoir sangloté quelques minutes dans le silence compatissant dont on l'entourait, il a relevé la tête. Il ne cachait pas ses larmes. Au contraire, il les revendiquait. Il venait de trouver une idée pour regagner son honneur. Une idée absurde, décalée. Une idée à son image : paradoxale. Il a déclaré d'un ton solennel :

– Opération *Marmite de la Honte*. Pour commencer, mes amis, nous allons procéder à *un pillage en bonne et due forme** de la cantine.

Ce « pillage en bonne et due forme », c'était une référence à un film. Jamal aime bien semer des citations dans les conversations. C'est un dingue de cinéma, je crois qu'il a vu plus d'un millier de classiques, même s'il a aussi un faible pour les comédies populaires ringardes. Plus tard, il veut être à la fois acteur, scénariste, réalisateur et producteur, comme Orson Welles. Le fait que la plupart de ses références nous échappent, étant donné qu'elles datent souvent d'avant les années 2000, ne semble pas du tout le déranger.

Il nous a regardés droit dans les yeux, à tour de rôle, avant de reprendre :

– J'ai besoin d'une cocotte-minute de belle contenance, et j'ai besoin du plus grand nombre possible de substances comestibles de nature crémeuse, gluante ou semi-liquide que vous pourrez trouver. Et j'ai besoin qu'on ait rassemblé ça à la décharge dans une demi-heure.

Avant qu'on ait pu répliquer quoi que ce soit, il a crié à pleins poumons :

– EXÉCUTION, mes agneaux !

On s'est exécutés, malgré nos doutes. À la pause déjeuner, pendant que les autres collégiens mâchonnaient leur langue de bœuf, on hissait le « trône » de Jamal en haut de la décharge. Nos camarades attaquaient leur dessert pendant qu'on finissait de remplir la cocotte avec le contenu de tous les pots de sauce tomate, yaourt, confiture, marmelade, gelée, compote et crème fraîche et autres substances qu'on avait piquées au réfectoire.

De son côté, notre ami « se vêtait de ses habits de lumière » en piochant des accessoires parmi les ordures. La serviette, la pelle, l'arceau. Jamal a toujours aimé s'habiller.

Une fois en costume, il nous a présenté son concept de la Marmite de la Honte. Puis il s'est assis sur le WC, écartant les genoux pour se pencher au-dessus de la cocotte pleine à ras-bord.

– Allez… *à la soupe, mon Blaise* !* s'est-il exclamé en posant les mains dessus.

Et tandis que je me demandais de quel film sortait cette phrase, il a plongé la tête dans la mixture.

On est encore secoués de rire quand il balance un bon coup de pied dans le WC, qui s'en va rouler avec fracas jusqu'en bas de la décharge. Maxime et moi, on se charge de la cocotte : à la une, à la deux, elle suit le même chemin que le chiotte, dévalant la pente dans un vacarme réjouissant. Ensuite, on resserre les rangs autour de notre prince.

– Vous savez quoi ? lance Siméon, poings sur les hanches, le nez tendu au vent, tel un de ces héros de manga qui le fascinent tant. On devrait faire ça plus souvent. La décharge, c'est plus marrant que la cantine !

– Sans compter qu'on y mange mieux, ajoute Jamal en débarrassant son sourcil droit d'une goutte de mixture.

Ensuite, il réajuste sa couronne sur sa tête, brandit sa pelle vers le ciel, et s'élance dans la pente. Les bras grands ouverts. Talonné par sa cape qui flotte derrière lui et l'écho de son propre rire.

Un goéland ivre. Notre Jamal.

Sans la moindre hésitation, on se jette à sa suite.

2

M. LESCAL

Le même vendredi 9 décembre 2022,
dans la même ville de province perdue
quelque part en France.

– D'où nous arrivez-vous ainsi rouges et transpirants, jeunes gens ?

Rien qu'à la façon dont M. Lescal nous regarde longer les murs en entrant dans le gymnase, on voit qu'il n'est pas dupe : il sait qu'on a fait quelque chose d'interdit, ou de bizarre. Notamment Jamal, dont il inspecte le visage avec une curiosité manifeste. Il se doute qu'on ne lui avouera pas la vérité, mais ça ne l'empêche pas de poser la question. Il voudrait vraiment être à nos côtés, je crois. Il nous aime bien.

Nous aussi, on l'aime bien. En revanche, dire qu'on déteste le sport tiendrait de l'euphémisme.

M. Lescal a beau nous répéter qu'il n'est pas prof de sport mais d'EPS (éducation physique et sportive), et même d'EPSA (éducation physique, sportive et artistique), ça ne change rien au fait qu'on est nuls, irrémédiablement nuls, tous les quatre, dans la discipline qu'il enseigne ; à jamais infichus d'attraper un ballon, de sauter par-dessus une haie ou de grimper à une corde à nœuds.

Quand il nous explique que nos atouts naturels n'ont pas la moindre importance, dans la mesure où son système de notation est conçu pour comptabiliser uniquement les progrès qu'on fera au cours de l'année, c'est-à-dire l'écart entre nos scores de septembre et ceux de juin, on n'ose pas lui livrer le fond de nos pensées : on est tellement nuls qu'il est tout à fait possible qu'on *régresse*, nous, à trop vouloir persévérer. Parce que le peu d'énergie qu'on aura réussi à engranger au début de l'année se tarira au fil des entraînements.

Aujourd'hui, on a piscine. Est-il besoin de préciser que l'eau n'est pas notre environnement favori, et que la perspective de barboter en maillot de bain au milieu de nos camarades, en plein hiver, ne nous met pas au comble de la joie ?

C'est surtout Maxime et moi qui en souffrons. Jamal et Siméon sont étrangement indifférents au concept de pudeur. Le premier a décidé que son corps était à lui comme le reste et qu'il n'avait pas à en avoir honte. Le deuxième est très conscient du fait qu'en exhibant son grand torse pâlichon, il s'offre en pâture à l'inévitable Nilton Lochet, mais il parvient, au prix d'une circonvolution mentale sacrément masochiste, à y trouver du positif.

– Les vannes sur le physique, ça tombe toujours à plat, nous a-t-il expliqué. Mais alors, quand ça vient d'un Nilton ou d'un de ses sbires, ça frôle carrément l'œuvre d'art tellement c'est débile. Et moi, face à tant de bêtise, je n'y peux rien : je me régale.

– Je crois surtout que tu cherches les coups, Siméon…

– Moi ? Jamais. Je suis un pacifiste !

Et il secoue sa crinière brune en prenant des airs de playboy. Siméon n'est pas laid à proprement parler – je pense même qu'une fois sorti de l'enfer de l'adolescence, il sera tout à fait acceptable pour un paquet de filles. Mais en attendant, il est beaucoup trop éloigné des canons de beauté de notre époque pour attirer leurs regards.

Il a… une drôle de touche, voilà. D'abord, il y a cette masse de cheveux qui moutonnent sur son crâne et lui donnent toujours l'air de sortir du lit. Et puis ce nez interminable (dont il est très fier, comme il le répète souvent), et ces yeux rapprochés et tout ronds, des yeux de grenouille (là encore, c'est lui qui le dit), et enfin ces longs bras noueux qui se balancent comme des lianes... Tout est comique, dans l'allure de Siméon. Ses mimiques, sa démarche, ses traits d'esprit. Même les boutons qui pullulent sur son grand front.

Tout, sauf ce qu'il dissimule. Il suffit d'examiner avec un peu d'attention les innombrables cahiers de dessin qu'il trimbale partout avec lui pour se rendre compte qu'il passe son temps à se cacher.

On se sépare pour gagner les vestiaires, les trois gars dans celui de gauche, moi dans celui de droite. S'il fallait instaurer une hiérarchie dans les différentes étapes du cauchemar organisé qui m'attend, je dirais que ce passage aux vestiaires correspond au stade intermédiaire : d'un côté, le regard des autres filles m'embarrasse moins que celui des garçons, mais de l'autre, si jamais Rébecca ou Chloé avaient envie de passer leurs nerfs sur moi, les copains ne seraient pas là pour m'aider. Je me retrouverais seule en terrain ennemi.

Un jour, j'ai dit à Siméon qu'ils avaient de la chance d'être ensemble pour se changer, parce qu'ils pouvaient se soutenir, au moins.

– T'es ouf ? a répliqué Siméon. On est enfermés, à poil, dans une salle remplie de *mecs* ! Si, si, je persiste : les portes des cabines n'ont pas de verrou, ce qui revient à dire qu'on est tous parqués dans la même salle, vu que le grand jeu de nos camarades consiste à ouvrir pendant que tu te changes. Et tu sais ce que c'est, des mecs enfermés à poil dans une même salle, à notre âge ? Des porcs, ma vieille ! Un troupeau de porcs ! Toi, tu n'as pas droit aux blagues sur la taille de ton sexe ou aux simulations de fornication, je suppose ?

– Non, mais…

– Et en plus, si jamais tu regardes accidentellement ce qui se passe sous les douches, eh ben, tu ne risques pas de voir un truc chelou ! C'est des filles, elles sont propres, elles ne pètent pas en public, elles ne s'envoient pas des coups sur l'épaule « pour rire », elles se prêtent leur shampoing… et même, je sais pas, admettons, peut-être qu'il y en a une qui demande à l'autre de lui savonner le dos, et l'autre dit oui, et alors elles…

– Siméon. Ressaisis-toi.

– Non, mais *j'imagine* ! J'ai le droit d'imaginer !

– Siméon. Une fois, Chloé a balancé le sac de cours d'une fille sous la douche : tous ses cahiers étaient trempés. Une autre fois, Rébecca m'a jeté un tampon au visage. Comme dans le premier chapitre de *Carrie*, de Stephen King. À ceci près que ça ressemblait plutôt au dernier chapitre de *Carrie*, vu que le tampon était usagé.

Siméon a ouvert sa bouche en « O ». Ça lui a fait comme un troisième œil de grenouille.

– Merde.

– Exactement. La leçon à retenir, c'est que quand elles ont envie d'être débiles, les filles y arrivent aussi bien que les mecs.

Mais aujourd'hui, il semblerait que Rébecca et Chloé aient mieux à faire que s'occuper de mon cas : je passe entre les gouttes.

Place au stade ultime de l'horreur, le bassin.

On sort en file indienne et on commence à se regrouper au bord de l'eau. Personne n'a envie d'être là, les filles râlent, j'en vois certaines afficher des airs blasés qu'elles ont dû étudier pendant des heures devant le miroir.

Juste derrière moi, il y a Cécilia, le grand amour de Jamal. « L'étoile de mes jours et de mes nuits », comme il dit. Enfin, comme il *me* dit : je suis la seule à être au courant. Même Maxime et Siméon ne savent rien de son crush. Jamal n'a pas adressé la parole à Cécilia une seule fois depuis la rentrée, mais, d'après lui, elle a tout de même su « percer son cœur d'une flèche », en un regard souligné d'un trait de khôl noir. Je me demande bien comment, vu qu'elle ne l'a jamais regardé, mais si Jamal le croit, inutile d'essayer de le détromper.

Il a craqué, lui, au premier coup d'œil. Les yeux d'un vert félin, les cheveux teints en rouge feu, les ongles peinturlurés de noir, le piercing à la lèvre, le tatouage de dragon jaune aux ailes déployées sur l'épaule, le tee-shirt *Slipknot* (un vieux groupe de metal, ou plutôt de « néo-metal », d'après mon frère), l'attitude rebelle et surtout cette façon d'avoir l'air absolument indifférente au reste du monde, élèves comme profs : tout ça a fait succomber Jamal. Pour le meilleur et pour le pire.

Mon hypothèse, c'est qu'il perçoit chez Cécilia un mal-être qui fait vibrer son âme de chevalier. Au fond, Jamal est comme plein de garçons : il rêve de secourir une princesse en détresse. Ses intentions sont sans doute plus nobles que pour la majorité d'entre eux, mais là-dessus, il ne déborde pas d'originalité.

Sans compter qu'il ne voit pas beaucoup plus loin que le bout de son nez. Des filles, j'en connais d'autres, qui – contrairement à Cécilia – seraient heureuses d'être remarquées par lui.

Mais bon, c'est son problème.

Justement, Jamal sort des vestiaires des garçons. Il a posé les mains à plat sur son ventre bombé et il lève le menton très haut, comme s'il était fier de son embonpoint. Je sais que c'est faux, mais il donne bien le change.

À côté de lui, Siméon marche en canard, les genoux pliés, battant des coudes comme pour s'envoler – il a dû perdre un pari avec Jamal – et Maxime les suit, le menton collé au torse, les mains jointes devant son slip de bain, s'efforçant de se faire encore plus petit qu'il n'est.

Pour mon frère, l'épreuve du bassin se situe bien au-delà du stade ultime de l'horreur. Il se voit comme un garçonnet perdu au milieu d'une meute de jeunes hommes… et malheureusement, c'est bien l'impression qu'il donne.

Je remarque qu'il chantonne en silence, les lèvres mi-closes, pour se donner du courage. *Green Light* de Lorde. La musique sera toujours la meilleure alliée de mon frère.

Histoire de me sentir moins seule, je leur adresse un signe rapide de la main. Au même instant, dans le groupe des autres garçons, je vois Nilton Lochet qui serre le poing et – *beurk* – le lèche, en regardant fixement un point droit devant lui, en direction du groupe des filles.

Malgré le dégoût qu'il m'inspire, je ne peux pas m'empêcher de suivre son regard, afin de savoir à qui il adresse ce geste obscène.

Je me fige net.

C'est Cécilia.

Et le plus terrible, c'est qu'elle soutient le regard de Nilton, fixant sur lui ses yeux verts. Comme dans un jeu de… séduction ?

Oh, Jamal…

3

NOTRE ÉQUIPE

Toujours le même vendredi 9 décembre 2022,
toujours dans la même ville de province.

J'ai une tendance très ancrée à classer les choses. Les choses, et aussi les gens. On pourrait dire que c'est une sorte de manie. Créer des catégories, répertorier, trier, ranger, jusqu'à ce qu'une image nette et précise surgisse du désordre initial. C'est sûrement mon côté psycho-rigide, à moins que ça ne vienne d'un désir inconscient de tout contrôler faute d'avoir été suffisamment rassurée dans mon enfance. En tout cas, je ne peux pas m'en empêcher : dès que je rencontre une nouvelle personne, un engrenage se met en place dans mon cerveau pour savoir dans quelle case je vais la mettre.

Bien sûr, mon système a ses limites, parce que les humains s'avèrent souvent plus surprenants qu'ils ne paraissent, même les moins évolués d'entre eux. Qui sait, peut-être que Nilton Lochet camoufle des trésors de finesse derrière sa carapace de crétin ? Je veux bien le croire. Peut-être qu'il a lui-même été harcelé dans le quartier de bourges où il a grandi : la rumeur prétend qu'il a été transféré à Alexandre-Dumas, en cours d'année de sixième, « pour raisons personnelles graves », et que c'est pour ça qu'il est devenu le pire harceleur du collège. Peut-être que c'est vrai. Je ne suis pas sûre d'avoir envie de pousser l'investigation trop loin.

Avec les profs, en tout cas, mon système est très fiable. Non pas qu'ils soient moins humains que les autres gens, mais ils sont forcés de jouer un rôle face à nous, debout sur leur estrade. Et un rôle est plus facile à catégoriser qu'une identité complète.

Je distingue trois types de professeurs. Le prof ange, le prof robot et le prof démon. M. Lescal, ça ne fait pas de doute, a investi le rôle de l'ange. Il est sur tous les fronts : passionné et impliqué dans l'enseignement de sa discipline, attentif au bien-être de ses élèves et soucieux que tous les genres, toutes les différences, tous les handicaps imaginables soient respectés. Ce qui n'est évidemment pas gagné…

Dès la deuxième semaine de septembre, il a compris que Jamal se faisait harceler. Ça ne date pas d'hier : « l'inévitable » Nilton Lochet tire son surnom du fait que Jamal le retrouve dans sa classe depuis la cinquième, de sorte que cela fait deux ans que mon ami endure ses amusantes séances de torture, lesquelles sont devenues plus brutales depuis que Nilton a commencé à s'adonner à la musculation.

J'étais là quand M. Lescal est venu voir Jamal.

Forcément, j'étais là. Jamal et moi, on est dans la même classe depuis la sixième. Inséparables depuis tout ce temps. Siméon s'est adjoint à notre duo en quatrième ; quant à Maxime, c'est la première fois que nous sommes ensemble dans l'histoire de notre scolarité. Jamal et Siméon l'ont incorporé au groupe sans même qu'il ait eu à ouvrir la bouche. Chose qui, on l'a vu, arrive très rarement. Mais je crois qu'il les apprécie.

– Je peux te parler, Jamal ? avait demandé M. Lescal de sa voix douce, presque flutée.

– Euh, bien sûr monsieur, a répondu Jamal.

Jamal nous a fait signe de l'attendre et s'est éloigné avec le prof. Je les suivais du coin de l'œil en écoutant Siméon nous parler de sa dernière lecture (un manga avec des cyborgs et une distorsion du continuum spatiotemporel), et je les ai vus entrer dans une salle de classe.

Comme mon cerveau échappe à tout contrôle, je n'ai pas pu éviter de remarquer que M. Lescal avait laissé le rideau ouvert.

Je sais : je n'aurais pas dû. Ça ne me concernait pas. Seulement, j'ai *décidé* que si. De la même façon que Jamal a *décidé* d'ingurgiter la Marmite de la Honte. J'aime Jamal depuis la sixième. Je veux dire, on est amis depuis tout ce temps. Alors ce qui le concerne me concerne, non ?

En épiant la scène avec attention – Siméon ne s'est rendu compte de rien, et si mon frère a perçu quelque chose, il n'en a rien montré –, j'ai compris que M. Lescal essayait de convaincre Jamal d'alerter ses parents sur ce qui se passait.

À un moment, j'ai même réussi à lire quelques phrases sur ses lèvres.

– Jamal, je ne peux pas intervenir si tu persistes à nier les faits. Mais je ne peux pas non plus laisser cette situation durer ! Ce n'est pas normal, ce que ces garçons te font subir, tu comprends ? Ce n'est pas acceptable.

Il le regardait avec intensité. Il voulait lui venir en aide.

Mais Jamal est Jamal et, ainsi que je m'y attendais, il a finalement levé la main dans un signe qui se voulait apaisant pour interrompre le prof.

Ce qu'il a répondu, je n'ai pas pu l'entendre, mais je suppose que ça pourrait se résumer ainsi : *Ne vous en faites pas, monsieur Lescal. C'était pas grand-chose et ça s'est déjà arrangé, je n'ai surtout pas besoin qu'on en fasse toute une histoire. Promis, si jamais ça recommence, je vous en parlerai.*

Sauf qu'il ne le fera pas, bien sûr. Je le sais pour avoir moi-même tenté de le persuader, mois après mois, de faire appel aux profs ou à ses parents afin de couper court aux agissements de Nilton. Impossible. Jamal ne bougera pas d'un iota. Une fois, il m'a dit :

– Il est une chose que ces enfoirés n'auront jamais, ma chère, *et c'est… mon panache**. Je refuse de perdre mon panache en mêlant des adultes à ces piteuses histoires d'ados finis à l'urine !

Je n'ai pas insisté. Sans doute parce que je n'en ai pas eu le cran.

Pour une fois, j'avais saisi la référence de sa petite tirade : *Cyrano de Bergerac* – parce que Jamal m'a montré le film. Je sais à quel point c'est important pour lui, cette histoire de panache. Une autre manière de dire « dignité ». Même si, personnellement, je ne vois pas du tout le rapport entre la dignité et le calvaire qu'il endure.

Mais après tout, qui peut comprendre les autres ? Moi, après avoir vu *Cyrano*, j'ai eu besoin de lire la pièce d'Edmond Rostand. Je l'ai lue une fois, deux, trois. J'étais obsédée par cette histoire, l'histoire d'un type doué d'un esprit prodigieux mais qui se sent trop laid, ou trop différent, pour se déclarer à celle qu'il aime. J'ai fini par comprendre pourquoi ça me parlait tant. Pas à cause du panache, mais à cause de l'amour caché, privé de mots, qui se drape dans un costume d'ombre pour mieux regarder les autres s'aimer…

Mais je m'égare. J'en étais aux profs anges, et cette anecdote est sortie du chapeau de mon bizarre petit cerveau.

Selon mon système catégoriel, il reste donc deux types de profs : les profs démons et les profs robots.

Pour les démons, le meilleur exemple serait M. Magnard, notre prof de sciences physiques. J'ai rarement vu un être humain employer autant d'énergie à prouver qu'il est dépourvu d'humanité. Si je n'étais pas si déterminée à croire que les monstres n'existent pas, je finirais par admettre qu'il est une espèce de mutant ignoble caché sous un costume de vieux bonhomme sadique.

J'aurai sûrement l'occasion de le montrer à l'œuvre plus tard.

Reste la dernière catégorie, les profs robots. Mme Ripolis, notre prof de français, en est selon moi la plus parfaite représentante.

Mme Ripolis possède sans doute une véritable personnalité, une personnalité riche et complexe, mais elle préfère la faire disparaitre derrière son rôle de pédagogue. Elle est une enseignante consciencieuse et professionnelle ; son but est de nous apprendre les règles de conjugaison, de nous initier aux classiques de la littérature, et même de nous amener à développer notre créativité si c'est ce qu'exige le programme. Et elle y œuvrera d'une façon irréprochable, mais sans jamais laisser jaillir une émotion inopinée.

Dans la vie, peut-être que c'est une femme rigolote, ou volontaire, ou fantasque ; peut-être qu'elle s'éclate en dansant sur Nicki Minaj dès qu'elle est seule dans son salon ; peut-être qu'elle a des enfants qu'elle débarrasse de leurs poux, le soir, avec un peigne spécial ; mais peut-être aussi qu'elle passe ses journées à mater des émissions de téléréalité avec un paquet de chips sur les genoux, ou à insulter son voisin quand il chante sous la douche. Je ne peux rien dire, puisqu'elle s'attache à ne rien montrer.

D'une certaine façon, les profs robots sont une catégorie plus reposante que les autres : avec eux, au moins, on ne risque pas d'être déçu.

– Entrez, entrez, débite-t-elle pendant qu'on prend place sur nos chaises, les cheveux encore mouillés d'après la piscine.

La classe est remuante : c'est le dernier cours de la journée, tout le monde a envie que ça se termine. En français, je suis à côté de Jamal, au milieu de la salle, tandis que Maxime et Siméon sont ensemble, tout au fond. C'est la place préférée de Siméon, parce qu'il peut y dessiner en paix ses dinosaures bioniques, ses samouraïs et ses citadelles de verre.

Au moment où Jamal s'assoit à côté de moi, je repense au geste que Nilton a adressé à Cécilia, et à leur apparente complicité. Ça me serre le cœur. Je me dis que si j'étais une amie digne de ce nom, si vraiment tout ce qui concerne Jamal me concernait, je lui révèlerais tout, là, avant que le cours ne commence. Par petits mots échangés, comme en sixième.

Mais je ne le fais pas. Parce que je ne peux pas supporter l'idée que Jamal soit malheureux. Et encore moins, si je veux être honnête, que ce soit moi la responsable de son malheur. Dans la Grèce antique, on décapitait les porteurs de mauvaises nouvelles…

– Vous rêvez, mademoiselle Vigier ?

Je rouvre les yeux sur le visage placide de la prof, penchée juste au-dessus de moi. À ma gauche, je devine la gêne de Jamal et, dans le même temps, je comprends qu'il a essayé de m'avertir par de discrets coups de coude. Toute à mes divagations, je n'ai rien vu venir.

– Pardon, madame Ripolis. J'étais égarée.

« Égarée ». D'où j'ai sorti ça, moi ? Ma réponse fait braire une partie de la classe. Mme Ripolis, elle, se contente d'un « Hmm » tout à fait neutre.

– Vos excellents résultats ne vous dispensent pas d'écouter vos professeurs, mademoiselle. En particulier lorsque cela concerne le PCCC, ou projet de création commune et collaborative, qui – c'est ce que j'étais en train d'expliquer à la classe – comptera pour un tiers dans votre note du brevet.

Elle soutient mon regard pour voir si je vais me risquer à répondre quelque chose, et puis ses yeux glissent sur le côté, afin de me faire comprendre que l'incident est clos.

En élève docile, je me redresse sur ma chaise.

– Comme je le disais, le PCCC est le fruit de la dernière réforme éducative en date de notre gouvernement. L'objectif est, je cite, « *d'évaluer la capacité des élèves à se fédérer en groupes de travail afin de livrer une production à la fois sérieuse et créative* ». Il ne *s'agit pas*, j'insiste sur ce point, de produire une pure œuvre d'art, mais bien de concevoir, à plusieurs, un projet créatif mobilisant des compétences multiples, de telle sorte que chaque élève du groupe ait pu s'atteler à un aspect dudit projet. Vous commencerez par former des groupes de quatre ou cinq. Ensuite, vous emploierez les quinze prochains jours – ou les congés de Noël, si vous avez envie de prendre du retard dès la première étape – à déterminer le projet sur lequel vous travaillerez ; à partir de là, vous aurez trois mois pour le mener à son terme. Le rendu est fixé au 1er avril. Et, je préfère le préciser, ce n'est pas une plaisanterie.

Je jette un coup d'œil discret vers Nilton Lochet. Ça fait beaucoup trop de mots compliqués pour lui, tout ça : on l'a complètement perdu. Il fixe le plafond, l'air hagard, comme pour suivre des yeux le chemin d'une araignée. D'ailleurs, peut-être qu'il cherche vraiment quelque chose, là-haut ; quelque chose qui ne s'y trouve pas. Je m'apprête à chuchoter à Jamal de regarder dans sa direction quand il appelle la prof en levant la main.

– Oui, monsieur Nissané ?

– Un film. Un court-métrage d'animation. Est-ce que c'est un projet qui entrerait dans le cadre du PCCC, à votre avis ?

Mme Ripolis émet à nouveau son « Hmm » de parfaite neutralité. Les yeux de Jamal brillent à l'idée qu'elle accepte. Il ajoute :

– Ça peut faire un bon travail de groupe, à mon avis. Je m'occuperais du scénario, Siméon se chargerait du graphisme, Maxime de la musique et des ambiances sonores. Et pour gérer toute cette galère de logiciels de création auxquels personne ne comprend rien, j'ai le meilleur cerveau disponible à ma droite.

Il me désigne d'un signe de tête. C'est tellement gentil, tellement inattendu que je crois avoir rougi. Je ne serais pas prête à le jurer, mais il me semble même voir un sourire attendri s'esquisser sur le visage de Mme Ripolis, avant de disparaître aussitôt.

– C'est d'accord, dit-elle finalement. Vous avez votre projet, monsieur Nissané.

– Et mon équipe ! s'exclame Jamal.

Notre équipe, je pense.

PREMIER INTERLUDE
TURAN

D'un geste supersonique, Turan embrocha le saurien qui s'était faufilé entre ses bottes. Cette saleté de reptiloïde espérait sûrement l'entraîner sous la dune de sable ferreux où il s'accordait un peu de repos... Le repos était une chose précieuse, puisque c'était l'une des seules composantes du monde d'avant à subsister : cela s'apparentait à l'un de ces *besoins naturels* comme il en existait tant, autrefois. De ceux qui vous donnaient l'impression d'être au moins un peu humain.

Turan était un cyborg, et non un robot. Cela faisait tout de même une différence, et à ce titre, il n'aimait pas qu'on lui gâche les rares occasions qu'il avait de se sentir au moins un peu humain.

Irrité, il leva vers le soleil rose son poing serré, au bout duquel filait la lame de métal qu'il avait bardée à son avant-bras. Un vent lointain sifflait de façon ininterrompue, produisant une mélodie narquoise.

Sans cruauté ni dégoût, il regarda la créature hybride s'éteindre sur son pal, agitant ses pattes métalliques en une série de cliquetis stridents. Turan fit craquer les os de sa nuque, déclenchant sous sa peau noire des cliquetis similaires à l'intérieur de ses propres muscles, veinés de câbles et truffés d'implants. Ensuite, il fit glisser la dépouille sur la lame, de manière à débarrasser l'acier des taches qui le mouchetaient. Le sang des reptiloïdes, à la fois huileux et toxique, faisait un excellent détergent. On disait aussi que, pour qui serait parvenu à trouver un véhicule en état de marche, il aurait pu servir de carburant. Mais on disait tellement de stupidités…

C'était au moins une chose qui n'avait pas changé par rapport au monde d'avant : les stupidités qu'on disait et qui, en dépit de la disparition totale des moyens de communication technologiques, se propageaient toujours aussi rapidement qu'un virus.

Mauvaise métaphore, songea Turan en regardant son reflet scintiller sur la lame. Comme tout le monde, il détestait repenser à la Cyberpocalypse et au « techno-virus » qui l'avait provoquée. Comme tout le monde, il savait qu'elle s'était produite à un certain moment, pour une certaine raison, annihilant en un clin d'œil une réalité entière dont il n'avait quasiment plus de souvenir, avant de lui en substituer une autre ; mais il n'aurait guère pu en dire plus.

C'était bien là que résidait la torture imposée aux membres de la néo-humanité : chacun était conscient qu'il y avait eu un autre monde, et que dans ce monde, il avait été un autre type d'humain – un humain *véritable* –, mais nul ne pouvait se représenter précisément à quoi cela correspondait. Il ne subsistait que des bribes d'images, de vagues traces ou des impressions fugaces qui accroissaient encore la frustration de ce qui avait été perdu. Aussi Turan, comme ses semblables, s'efforçait-il de ne surtout pas y penser. Tous ses gestes quotidiens étaient employés à entretenir l'oubli dans la rage aveugle de l'action, le frisson vain mais satisfaisant du combat. Exactement comme dans un jeu vidéo, puisque c'était ce à quoi se résumait le monde. Un jeu vidéo où la seule façon de survivre consistait à tuer pour ne pas être tué.

Sur ce plan, Turan se débrouillait très bien. La preuve, il faisait partie du faible pourcentage de la néo-humanité à avoir réchappé aux terribles Premiers Jours d'Empoigne, sans parler des horribles surprises quotidiennes que réservait la Nature obscure. Tant de combats meurtriers, de coups assénés et de corps détruits dans une furie collective, jusqu'à ce que l'adversaire succombe... avant le suivant... Tant de massacres ! Tant de folie !

Il adressa un rictus à son reflet déformé.

C'est à moi que tu parles ?*

La phrase s'était imprimée dans son esprit sans qu'il sache d'où elle lui venait. De l'ancien monde, sûrement, avec les autres souvenirs qui y étaient restés engloutis. Sur le métal de la lame, son œil droit le défiait – le gauche était traversé d'une cicatrice qui cousait les paupières ensemble en une cordelette de chair –, et son iris d'un bleu très clair produisait un unique éclat lumineux au milieu de ce visage comme taillé au burin, aux pommettes saillantes et aux mâchoires anguleuses. Une vraie gueule d'androïde, jusqu'au casque en métal qui lui recouvrait le crâne, partant du haut du front pour gagner la naissance de la nuque.

Ce casque, Turan l'avait récolté sur un champ de bataille dans les premiers instants de la Cyberpocalypse, alors que le monde était déjà devenu un déluge de violence. Il lui avait plusieurs fois permis de survivre à un « boost-punch » – un coup de poing bionique, l'arme fatale des cyborgs. Il lui avait aussi évité de se faire arracher les oreilles dans une mêlée, avec les capteurs qu'elles abritaient. Mais de toute façon, casque ou non, il restait constamment sur ses gardes, sachant bien que des assaillants pouvaient toujours sortir de nulle part pour lui tendre une embuscade.

Voilà pourquoi les moments de repos étaient si appréciables. Trop pour être gâchés par un foutu reptiloïde.

Maverick et Achab, ses deux cyber-huskies, resurgirent à l'horizon. Ils étaient allés recharger leurs points de vie en attaquant quelque proie du désert. Par association d'idées, Turan enclencha une analyse de son propre système interne : niveau de santé maximal. Parfait.

Il redressa la tête. Les jappements métronomiques de ses chiens lui parvenaient de plus en plus nettement, mais leurs silhouettes chromées se fondaient dans les rayons du soleil qui miroitaient sur les innombrables grains ferreux de la dune. Il suivit la progression des chiens grâce aux billes à infrarouge qui leur servaient d'yeux, et qui luisaient comme des phares miniatures.

En attendant qu'ils le rejoignent, il sortit son matériel de son sac à dos. Les skis, les gants, les lanières. Il chaussa les gants, disposa les skis à plat sur le sol, puis il les clipsa aux fixations dissimulées sous ses bottes. Il fit un récapitulatif mental de son équipement : les bracelets de force aux poignets, la cotte de mailles tendue sous le gilet en cuir, le pantalon de treillis aux poches remplies d'armes et d'accessoires.

Il fit jouer ses chevilles pour assurer son équilibre sur les skis ; ensuite, il déroula les deux solides lanières qu'il accrocherait aux colliers des chiens. Achab, reconnaissable à la tache noire qui lui cernait l'œil droit, lui donna la patte pendant qu'il s'y attelait. Maverick, en attendant son tour, léchait son pelage d'un blanc immaculé, comme pour faire sa toilette.

Turan ne s'attendrissait jamais lorsque ses chiens faisaient ce genre de choses. D'abord parce qu'il devinait que ces gestes curieux n'étaient qu'un pâle reflet de leur ancienne nature animale. Un peu comme quand il lui arrivait, à lui, d'avoir envie d'éternuer, alors que son système bionique le prémunissait contre de telles réactions corporelles. Et puis parce que, d'une manière générale, Turan ne s'attendrissait pour rien. Les sentiments en lui avaient disparu, avec les souvenirs. Achab et Maverick avaient surgi à ses côtés dans le nouveau monde et s'étaient aussitôt employés à le défendre partout où il allait ; il ne s'était jamais demandé pourquoi. Et il ne se demandait jamais s'ils étaient satisfaits de l'existence qu'ils menaient à ses côtés, ni s'ils avaient besoin d'autre chose que de ravitaillement pour leurs points de vie. À ses yeux, ce n'étaient pas des questions pertinentes.

– En route, murmura-t-il de cette voix qui lui était toujours désagréable, la voix froide et robotique de la néo-humanité.

Pitoyable humanité ! Plus rien des vieilles joies d'auparavant, plus rien des anciennes émotions... Seule restait la violence. Et cependant, que faire, sinon s'efforcer de survivre envers et contre tout ?

Turan n'était pas sûr d'avoir la bonne réponse à cette interrogation.

Il jeta un nouveau coup d'œil vers le ciel.

La teinte rose du soleil s'était assombrie : la nuit, ou ce qui en tenait lieu dans le « Royaume détraqué », comme on avait coutume de surnommer le nouveau monde, n'allait pas tarder à tomber. Turan fit claquer les lanières pour ordonner aux huskies de s'élancer. Il lui arrivait d'être impétueux, voire de faire preuve d'une audace qui frôlait l'inconscience, mais il n'avait rien d'un imbécile. Or, seul un imbécile aurait traîné dehors une fois le soleil éteint. Quand la Nature obscure se réveillait.

*

* *

Il avait presque atteint l'une des trois grottes secrètes qui lui servaient de refuges dans ces parages lorsqu'il aperçut des pillards, en contrebas de la septième dune que les huskies avaient gravie. Ses capteurs lui avaient signalé leur présence…

Cinq cyborgs : quatre de type masculin et un de type féminin. Armés de haches courtes, de chaînes, de maillets et de sabres. Deux portaient des casques, deux autres des cagoules de cuir ; quant à celui qui, d'après sa posture, devait être le chef, il arborait un masque de hockey. Tous, en plus de leurs implants et capteurs, étaient équipés de protections diverses : coudières, protège-tibias, gants de chantier, bottes hautes. Ils se tenaient serrés en un groupe compact, le chef en tête, sur une large plaque de tôle que tractait un gigantesque cyber-cobra.

Le serpent bionique était attaché à son chargement par de longues rênes ; il traînait la plaque de tôle en faisant onduler dans le sable ses anneaux caparaçonnés. À chaque soubresaut, ses nasaux lâchaient un puissant jet de fumée.

Dans sa tête, Turan vit filer la forme brumeuse d'une locomotive entrant en gare*. L'image était en noir et blanc. Encore un de ces flashs énigmatiques…

C'est alors qu'il remarqua, à l'arrière de la plaque de tôle, un grand filet : la « prise du jour » des pillards. Il plissa les paupières pour distinguer ce qu'il contenait.

– Qu'est-ce que…

Il s'était attendu à des armes ou à des équipements de combat, l'unique monnaie de valeur dans le monde actuel. C'était ce que les cyborgs cherchaient partout, afin de s'en servir ou de les troquer contre d'autres armes plus performantes. Dans un seul but : mieux s'entretuer. Absurde logique guerrière, sans fin ni surprise.

Ce qu'il apercevait était bien plus étonnant. Le filet contenait un capharnaüm d'objets électroniques, ainsi que des câbles, des écrans d'ordinateur, des circuits imprimés… Des *items* surgis de l'ancien temps, qui ne possédaient plus ici le moindre intérêt : à l'exception des implants et capteurs logés sous la chair des cyborgs, qui leur fournissaient de l'énergie tant qu'ils restaient connectés à leur système interne, aucun composant électronique ne fonctionnait dans le nouveau monde. Il ne restait rien des miracles de la technologie qui avaient si profondément innervé le précédent, avant de le conduire à sa perte.

Dans un coin de son cerveau, là où la locomotive était passée, Turan vit s'afficher trois mots :

« Le Mage dément »

Il eut un mouvement de recul devant cette pensée parasite. Le Mage dément n'était qu'une légende, parmi toutes celles qui hantaient ces terres vides de sens. En l'occurrence, c'était l'un de ses alliés de passage qui lui en avait parlé, alors qu'ils s'étaient mis à l'abri dans un même refuge…

Sans doute, d'ailleurs, l'avait-il fait à la seule fin de le distraire : en plein milieu de son récit, il avait tenté de le planter dans le dos. Turan n'avait dû sa survie qu'à ses fulgurants réflexes. Et à cause d'un excès de confiance, il avait perdu son œil gauche au cours de l'affrontement.

La caravane du cyber-cobra avait presque fini de passer lorsqu'il distingua quelque chose d'autre dans le filet : deux prisonniers, inanimés, tout emberlificotés dans les mailles.

Intrigué, il s'étendit à plat ventre et fouilla dans une poche de son treillis pour en sortir sa longue-vue. Il la colla à son œil valide qui, aussitôt, se connecta à la lentille, boostant électroniquement sa vision.

Le premier prisonnier, un homme de petite taille, avait la peau d'un bleu turquoise, des cheveux d'or qui crépitaient comme des flammes et une sorte de tatouage lumineux, représentant un halo de cercles concentriques, autour des lèvres. L'autre était une femme à la peau du même bleu, mais aux cheveux d'un noir d'encre. Sur son front, on voyait briller une gemme couleur rubis. Tous deux étaient vêtus de tuniques sombres, très fines, qui les couvraient des chevilles aux poignets sans offrir de protection efficace contre les assauts.

OK, vu. Des *spéciaux*.

S'il avait cru, au lendemain de la Cyberpocalypse, que tous les néo-humains avaient subi la même métamorphose – c'est-à-dire qu'ils s'étaient réveillés dans un corps bionique, doté d'incroyables aptitudes amplifiées par une complexe machinerie interne –, Turan avait vite découvert qu'il existait des exceptions. Des néo-humains qui ne ressemblaient pas, comme la majorité des protagonistes du jeu vidéo qu'était le Royaume détraqué, à des androïdes de guerre.

Ceux-là n'avaient rien à voir avec des cyborgs. Ils n'étaient ni forts ni rapides. Leur peau ne cachait pas de circuits intégrés, ni de microprocesseurs ou de composants métalliques.

En revanche, ils avaient... des superpouvoirs ! Télépathie, télékinésie, rayons optiques, lévitation, pyrokinésie : leurs facultés étaient aussi nombreuses que variées. Ils furent baptisés « les *spéciaux* ».

On aurait pu croire qu'ils sortiraient vainqueurs des affrontements qui éclataient partout sur la surface du globe (enfin, si c'était encore un globe et non un désert infiniment plat), mais c'est le contraire qui se produisit. Les spéciaux maîtrisaient très mal leurs pouvoirs. Les pyrokinésistes s'incinéraient en voulant jeter une boule de feu sur leur adversaire ; les lévitants étaient soudain happés vers le ciel et finissaient par quitter la stratosphère ; les télépathes perdaient la raison sous l'assaut des milliers de pensées qui hurlaient dans leurs crânes.

De plus, les spéciaux étaient d'une nature rétive au conflit. Dès les premiers affrontements, Turan s'était surpris à ressentir un plaisir intense à donner autant qu'à encaisser des coups. La découverte l'avait décontenancé : après tout, il avait peut-être été comptable ou notaire, dans l'autre temps ! Même s'il n'en savait rien, il doutait, en tout cas, d'avoir mené une vie de combattant ; et pourtant, il était immédiatement devenu une « machine de guerre ».

Les spéciaux, au contraire, fuyaient les rixes. Leur principale stratégie de survie consistait à chercher des cachettes. Ils semblaient aussi avoir un accès plus ouvert à leurs émotions, qu'il s'agisse de la tristesse, de la peur ou de la pitié.

Pour toutes ces raisons, ils n'avaient pas tardé à être décimés. Turan aurait bien été incapable de dire combien, à lui seul, il en avait éliminé.

Apparemment, il en subsistait encore quelques-uns. Pourquoi les pillards avaient-ils fait prisonniers ces deux-là au lieu de les supprimer pour récolter leurs points de vie ? Mystère. Peut-être qu'ils espéraient en tirer quelque chose.

Turan repensa au bavard qui lui avait parlé de la légende du Mage dément. Il avait évoqué une autre légende, et celle-ci concernait les spéciaux. Une légende d'une naïveté confondante. Elle prétendait que si on les avait protégés au lieu de les éliminer, les spéciaux auraient pu s'unir, non pas dans le but de remporter le combat, mais de changer le monde. Afin de procéder à... comment disait-il ?

Ah oui : à la *rétroversion du réel*. Bref, ils auraient soi-disant remis les choses comme elles étaient avant qu'un groupe d'imbéciles n'activent le techno-virus.

– On est en train d'anéantir les héros qui pourraient nous sauver, Turan ! avait insisté le bavard. Les spéciaux sont notre seule chance !

Cette touchante réplique ne l'avait pas empêché de le frapper en traître à la première occasion.

De toute façon, Turan ne voyait pas pourquoi les spéciaux auraient eu plus de raisons d'être considérés comme des héros que quiconque. Ils n'étaient même pas des guerriers, ce qui faisait plutôt d'eux moins que des humains…

Et cependant, si c'était bien ce qu'il pensait des spéciaux, comment expliquer ce qu'il fit alors ?

Dans un soupir, il glissa sa longue-vue sous sa cotte de mailles. Il amplifia ses capteurs auditifs pour s'assurer qu'il n'y avait pas d'autres bandes de cyborgs dans les parages, régla ses implants en mode combat, fit tinter ses poings en les cognant l'un contre l'autre. Puis il dressa devant lui la lame de métal bardée à son avant-bras.

Les pieds enfoncés dans ses skis, il attrapa les lanières d'Achab et Maverick. Aussitôt, il sentit les huskies se raidir au bout de leurs laisses. Ils avaient activé leur programme d'attaque.

– Allons jouer les héros, murmura-t-il.

Dans un vrombissement de moteur, les cyber-huskies foncèrent.

Turan, tracté par leur élan, poussa un cri de triomphe en s'élevant au-dessus de la dune, sa lame brandie et ses skis pointés vers le soleil qui déclinait dans le ciel rose.

4

ON A BIEN LE DROIT DE RÊVER

Vendredi 16 décembre 2022,
c'est-à-dire une semaine plus tard,
dans notre chère ville de province.

Ce matin-là, Jamal s'est réveillé avec la sensation de chuter du ciel. Ou plutôt, de chuter *du ciel d'un autre univers*, pour traverser les dimensions et atterrir enfin sur la terre ferme. Ce rêve lui avait fait parcourir un sacré bout de chemin…

Ce rêve ne ressemblait à aucun de ceux qu'il avait faits auparavant.

D'habitude, Jamal ne se rappelait pas très clairement ses songes. C'étaient plutôt des fragments de scènes, des flashs absurdes ou terrifiants qui s'enchaînaient sans queue ni tête. Pas de quoi se faire un film.

Cette fois, c'était différent. Il pouvait reconstituer chaque détail du rêve, depuis la scène du saurien jusqu'à... eh bien, jusqu'à la fin de l'aventure. Puisque c'en était une. Avec des héros, une quête, des adversaires, un monde à sauver, des tas de bagarres et un dénouement en feu d'artifice.

Jamal étant Jamal, il a eu envie de noter les grandes lignes de l'histoire. Au cas où. Un jour, peut-être qu'il en tirerait la matière d'un scénario...

Hé, on a bien le droit de rêver, non ?

Jamal a décidé que oui.

Il était tôt, tout le monde dormait dans la maisonnée, même ses petites sœurs, alors il s'y est mis. Il s'est attablé à son bureau couvert de stickers, un coude dans le vide, un œil sur le tableau de liège où il épinglait ses idées, l'autre sur l'affiche de *Blow Up* (un vieux film italien). Et il a griffonné à toute allure, sans réfléchir.

Tout en écrivant, il ne pouvait s'empêcher d'être ébahi par la vitesse à laquelle les images lui revenaient. Il a terminé en moins d'une heure. Et puis il a rangé ses notes au fond du tiroir de son bureau... où il les a instantanément oubliées.

C'est un trait caractéristique de Jamal, ça. Il n'aime pas s'appesantir. Ça a peut-être un rapport avec le fait qu'il se sent un peu trop lourd, trop gros, je ne sais pas. En tout cas, il passe sa vie à voleter d'un événement à l'autre en évitant de poser le pied à terre. Les brimades qu'il subit depuis la cinquième l'atteignent, bien sûr, mais moins que s'il prenait le temps de se demander *pourquoi*, en fin de compte, il ne fait rien pour qu'elles s'arrêtent.

Je n'en sais pas plus que lui sur ce point. Je constate seulement que c'est le mode de défense qu'il a adopté.

Avec les histoires qu'il invente, c'est pareil. Jamal a mille idées en tête, du matin au soir, il pourrait passer ses journées à raconter des histoires. Il le fait d'ailleurs, avec nous trois pour public conquis. Mais il en a tellement en réserve qu'il lui arrive d'en oublier sur le bas-côté. Ces histoires-là s'endorment dans leur coin, puis elles y pourrissent comme des fleurs privées de soleil. Si par hasard il remet la main sur l'une d'elles, plus tard, il ne saura plus quoi en faire et la jettera pour de bon.

C'est ce qui a failli arriver à cette histoire. Mais elle nous a prouvé qu'elle avait de la ressource.

En attendant son heure, elle s'est laissé enfermer dans un tiroir du bureau de Jamal, qui a commencé à s'habiller. Avec soin. Son pantalon de velours orange, sa chemise noire. Chaussettes noires, évidemment, et un petit « plus » inédit : un béret orange, comme le pantalon. Et par-dessus, son duffle-coat adoré.

Les parents de Jamal ne gagnent pas beaucoup d'argent, et ils ont tout de même quatre gosses à nourrir, mais je crois pouvoir affirmer que leur fils, le seul garçon, n'a jamais eu à manquer de rien, du moins pour tout ce qui est d'ordre culturel.

Jamal est l'artiste de la famille, l'esprit fantasque qu'ils ne comprennent pas toujours mais qui les fascine tous : le père, la mère et les trois sœurs. Il est le prodige qui, à six ans, jouait devant eux les spectacles qu'il avait écrits, les faisant pleurer ou rire aux larmes. Il est celui qui percera un jour dans le cinéma, ou le théâtre, ou ce qu'il voudra, par la puissance de son imagination. Il est une exception dans la famille et sur la planète, un humain extraordinaire ; le père, la mère et les trois sœurs en sont convaincues, alors même que Jamal s'évertue à leur dire qu'ils se trompent. Je pense d'ailleurs que c'est une des principales souffrances de mon ami, ce sentiment d'être pris pour quelqu'un qu'il n'est pas, cette crainte d'être un imposteur qui, un jour ou l'autre, décevra tous ses proches...

En attendant, s'il repère une veste en velours dans une vitrine, Jamal n'a qu'à claquer des doigts pour l'obtenir. Chacun, autour de lui, fera toujours tout pour que les vœux du petit prince de la famille Nissané soient exaucés.

Quand il est entré dans la cuisine, tout le monde était à table. Rhébia, la plus jeune, parlait de sa meilleure copine Alix avec qui elle s'était encore disputée.

– Tu es levé, mon grand ! s'est écriée la mère de Jamal. J'allais monter, j'ai eu peur que tu n'aies pas entendu ton réveil.

Les autres lui ont adressé un même sourire, ravi de le voir là, simplement de le voir.

– Non, je me suis réveillé tôt, en fait, a répondu Jamal. J'ai…

À cet instant, il a failli parler de son rêve. Et s'il l'avait fait, peut-être qu'il l'aurait gardé en mémoire et qu'il l'aurait ensuite évoqué devant nous dans la journée. Les choses se seraient alors passées de façon très différente.

Mais il s'est aperçu qu'il allait griller la priorité à sa sœur. D'accord, on connaissait par cœur ses histoires de dispute avec sa copine, mais elle était bien en train de parler avant qu'il n'entre. Il n'y avait aucune raison pour qu'il lui vole la vedette, même si sa famille ne voyait pas d'objection à ce qu'il le fasse. Alors il a adressé un gentil sourire à Rhébia, et il a dit :

– Qu'est-ce qu'elle a fait, cette pestouille d'Alix ?

Et il s'est assis pour écouter sa sœur.

*

* *

Vu que je ne suis pas du genre à rêver beaucoup et que mon frère est du genre à rester silencieux, nous ne parlons jamais de nos rêves.

Ce matin-là, on mâchonnait nos tartines dans le salon vide en écoutant un disque de Sofiane Pamart que Max avait mis sur la platine vinyle. Notre salon est très grand, et le matin, il l'est encore plus, parce que nous y sommes, en général, seuls.

Le soir aussi, du reste.

Je ne voudrais surtout pas faire pleurer dans les chaumières, mais parfois, je suis tentée de demander à nos parents si ça vaut la peine qu'ils paient des mensualités pour cette maison, étant donné qu'ils n'y sont jamais. Avec Maxime, on pourrait se contenter d'un studio. On se débrouillerait très bien. On sait faire à manger, s'occuper du ménage et de la lessive.

Ce n'est pas qu'on ait un talent particulier pour les tâches domestiques, c'est qu'il a bien fallu qu'on s'y mette quand on a fini par comprendre que nos parents étaient toujours trop surchargés de travail pour s'en occuper. Et s'occuper de nous, incidemment.

Mais je ne dirai jamais un truc pareil à nos parents. Parce que je déteste voir apparaître sur leurs visages tirés cette vilaine petite ride, juste au milieu du front, qui pourrait avoir une bouche tant elle est éloquente. Cette vilaine petite ride qui dit, d'un ton gémissant : *Quoi, encore ? Ça ne vous suffit pas d'être nés jumeaux alors qu'on a si peu de temps pour gérer des mômes ?*

Franchement, je préfère leur silence à la voix imaginaire de cette petite ride. Et Dieu sait que mes parents sont doués pour le silence.

– On y va, Max ? ai-je dit en rangeant mon assiette dans le lave-vaisselle.

Mon frère a hoché la tête, puis il a ramassé son sac à dos et le mien.

J'ai refermé la porte sur ce grand salon vide en pensant que si certains enfants, comme Jamal, souffrent d'un excès d'attention, l'inverse n'est pas forcément plus réjouissant.

*

* *

Siméon n'a pas eu le temps de prendre son petit-déjeuner ce matin-là, et s'il ne s'est pas souvenu du rêve qu'il a fait la veille, c'est qu'il n'a pas eu une minute pour y repenser : à 7 h 47, il bondissait de son lit en s'apercevant avec affolement qu'il avait moins d'un quart d'heure pour s'habiller, se brosser les dents et foncer jusqu'au collège.

Il a ramassé les premiers vêtements qui lui sont tombés sous la main, un jean, un tee-shirt à peu près propre, un pull grisouille, sa vieille parka. En trottant à cloche-pied pour enfiler ses chaussettes, il a déboulé dans le salon.

Un salon de taille respectable, mais dont les proportions étaient considérablement amoindries par le désordre ambiant : cartons de pizza de la veille, vaisselle de l'avant-veille, une veste oubliée sur un fauteuil, des chaussures qui dormaient sous une chaise, une lampe renversée derrière une commode. Sans oublier son père, qui ronflait, tout habillé, dans le canapé.

Un beau désordre à lui tout seul, le père de Siméon.

En voyant la bouteille qui gouttait par terre et, sur le chevalet, la toile crevée en son centre d'une longue striure de fourchette, Siméon a pu reconstituer la soirée telle qu'elle avait dû se dérouler pendant qu'il dormait dans sa chambre, espérant que cette fois-là, papa tiendrait sa promesse de le réveiller à l'heure pour le collège, étant donné que les piles de son réveil étaient mortes (et qu'il n'a *toujours pas* de téléphone portable).

Bon, s'est-il dit. *Tant pis*. Il a passé une main sur le front de son père et posé sur lui un regard doux, comme à chaque fois que ce genre de chose arrivait. C'est-à-dire pas si souvent que ça... mais quand même trop souvent pour que ce soit normal. Mais après tout, qui d'entre nous peut dire si ce qu'il cache derrière ses fenêtres est normal ou pas ?

Siméon n'avait pas envie de se poser la question. Il était en retard.

Alors qu'il cavalait, son sac à dos lui battant la hanche, des gouttes de sueur perlant à son front, il a aperçu Cécilia, sur le trottoir d'en face. Elle aussi était en retard, mais elle ne courait pas. Elle marchait d'un pas lent, très calme et très léger, et Siméon s'est surpris à penser que cette fille-là, cette fille étrange qu'il n'aurait jamais osé aborder en classe, portait un masque lorsqu'elle franchissait les portes du collège. En classe, elle était dure, gothique, rebelle et pas commode. Mais là, à la regarder dans la rue, flâner comme si, justement, elle *voulait* arriver en retard, comme si rien ne comptait plus pour elle que de laisser ses yeux danser entre les arbres et les réverbères, il a reconnu une âme d'artiste, assez proche de la sienne. Une fille spéciale, qui avait des choses à dire qu'elle ne disait pas, qui raturait la beauté qu'elle savait voir, justement pour qu'on ne l'en devine pas capable.

Ça lui a serré le cœur, parce que sous ses airs de bouffon insolent, c'est un tendre, Siméon. Il a failli aller lui parler. Brusquement, ça lui semblait possible.

Mais à ce moment, il s'est souvenu qu'il allait rater l'ouverture du portail, et que ce serait la troisième fois ce mois-ci. Ça ferait des histoires et ça tracasserait son père. Alors il a mis le turbo, et il a oublié Cécilia. Lancé dans sa course, il s'est dit que le plus simple, pour les jours à venir, serait de demander à l'un d'entre nous de l'appeler sur sa ligne fixe à 7 heures du matin. Ça le dépannerait le temps qu'il rachète des piles pour son réveil, vu qu'il n'arrivait jamais à y penser. À moins que son père ne s'en charge, dans la journée…

Et pourquoi pas ? On a bien le droit de rêver.

5

DIVERSION

Le même vendredi 16 décembre 2022,
dans notre chère bonne vieille ville de province.

Ça fait une semaine que j'ai découvert que Cécilia et Nilton sont ensemble. Ça fait aussi une semaine que Jamal l'ignore, et ça fait donc une semaine que, moi, je tremble à l'idée qu'il le découvre.

Heureusement, mon ami est un grand distrait. Et surtout, les tourtereaux sont très discrets : ils n'ont pas du tout l'air de vouloir que leur « histoire » soit connue. Je ne les ai surpris qu'une fois, et encore, c'est parce que le manège de Nilton à la piscine m'avait mise en alerte.

A priori, je suis la seule à avoir remarqué quelque chose.

Mais tout à l'heure, alors qu'on sortait de la cantine avec Jamal et Maxime, je les ai aperçus, planqués derrière un pilier dans un coin de la cour, en *conversation très privée*. Nilton tenait le menton de Cécilia d'une main qui m'a paru être celle d'un propriétaire, et de l'autre, il lui caressait la hanche, à l'air libre sous son crop-top mauve – siglé d'une tête de mort dessinée au Tipp-Ex.

La tête de mort, je dois dire, est assez bien faite.

Nilton pensait sans doute être invisible, grâce au pilier. Son cerveau limité n'avait pas compris que le pilier ne couvrait qu'un angle du champ de vision global : depuis la cantine, si on orientait le regard dans une certaine direction, on ne pouvait pas le rater.

Quand j'ai vu que Jamal, lancé dans une critique passionnée sur les faiblesses et les mérites de la trilogie *Matrix*, orientait son regard dans cette direction précise, j'ai senti mon cœur s'arrêter. Il faut croire que ce cœur est d'une manière ou d'une autre relié à mon cerveau, parce qu'en s'arrêtant, le premier a fait disjoncter le second.

Diversion ! Le mot a hurlé entre mes tempes ; il fallait que je détourne l'attention de Jamal. Alors je me suis jetée à son cou, dans un éclat de rire affreusement mal imité, et je l'ai fait basculer en arrière.

– Hé ?! il a crié, surpris.

On a roulé par terre sous les yeux médusés de Maxime, qui marchait derrière nous.

Sous les yeux médusés de tout le collège, en fait.

Y compris de Cécilia et Nilton. Qui se sont arrachés l'un à l'autre comme si on les avait pris la main dans le sac, avant de s'éloigner en vitesse.

J'ai dit que Nilton et Cécilia étaient « ensemble », mais pour être honnête, ça ne colle pas exactement avec ce que j'ai pu constater en les... euh, en les épiant. Surtout elle, que j'épie beaucoup depuis la rentrée.

Bon, chacun ses petits travers, hein ? Je suis une espionne, j'avoue, déso, c'est là mon moindre défaut.

Loin de moi la prétention de comprendre quoi que ce soit aux histoires de sexualité, mais Cécilia ne me donne pas du tout l'impression d'être intéressée par ce genre de chose. Et par « chose », je ne parle pas de la sexualité, mais de Nilton Lochet.

La plupart du temps, elle dessine. Ses classeurs, ses pochettes, ses cahiers, les marges de ses feuilles de cours – y compris celles qu'elle rend aux profs pour les DM – sont recouverts de gribouillis. Des chauves-souris, des araignées, des loups, et aussi des morts-vivants, des zombies, des monstres répugnants... quoique, là encore, plutôt bien exécutés.

Elle n'a pas le talent de Siméon, ni sa culture en matière d'arts graphiques, mais elle maîtrise bien un certain univers visuel, que je qualifierais de *néogothique*, même si mes compétences en histoire de l'art sont assez limitées – la faute à ce programme scolaire inepte qui ne vise, au fond, qu'à nous transformer en obéissants soldats du libéralisme.

Mais je m'égare.

Au-dessus des dessins de Cécilia, il y a tous ces noms de groupes de metal dont elle reproduit les typographies agressives pour composer une sorte de nuage de bruit se fondant sur un immense ciel noir. Le metal n'est plus à la mode depuis des siècles, mais elle s'en fiche.

Généralement, elle choisit une lettre de l'alphabet et elle décline. La dernière fois que je l'ai, hum, épiée, c'était le « S ». *Savatage. Scarlet. Sepultura. Slayer. Slipknot. Spiritbox. Suicidal Tendencies. System of a Down.* Elle gravait chaque lettre au stylo noir sur la page, avec conviction. Je trouvais ça hideux et, en même temps, assez beau.

Je crois qu'en un sens, Cécilia me trouble autant que Jamal. Pas de la même façon, mais elle m'intrigue. Il émane d'elle un mystère. Cette fille-là est spéciale. Solitaire, tordue, pas conforme. Oui, spéciale. Si elle n'avait pas un aussi joli visage, à mon avis, elle n'aurait jamais attiré l'attention d'un âne populaire comme Nilton Lochet.

Pour aller plus loin, je pense que si elle était moins jolie, Cécilia traînerait avec nous. Non seulement j'ai peine à croire que Nilton puisse l'attirer, mais j'ai l'impression qu'elle se force à être avec lui. Elle ne me paraît pas *aimer* sa compagnie.

Cela dit, je me trompe sûrement du tout au tout : encore une fois, je ne connais rien à ce genre de chose.

Le rire de Jamal m'a fait revenir sur terre. Ou plutôt sur le bitume glacé où nous étions étendus l'un sur l'autre, emmêlés.

– Elle est démente ! Cette fillc est démente !

Au moins, il ne m'en voulait pas de l'avoir affiché. Il riait tellement fort qu'il avait du mal à reprendre son souffle. L'entendre rire m'a rassurée, parce que ça prouvait qu'il n'avait pas vu Cécilia et Nilton.

– Mais qu'est-ce qui t'a pris, folle fille ? il s'est exclamé, toujours secoué de rire. Ne me dis pas que tu as succombé à mon charme irrésistible !

D'un coup, j'ai ressenti une gêne colossale à l'idée que les gens puissent penser... ou que lui, Jamal, puisse se dire... et puis mon frère qui nous regardait... et dans la foulée, je suis devenue terriblement consciente du poids de ma jambe contre la jambe de Jamal, et de son ventre qui se pressait contre le mien, et de nos mains qui se touchaient, et de...

Me lever. Vite ! Il fallait que je me lève, mais je n'y arrivais pas : j'étais pétrifiée.

– Prends ma main, Max.

Quatre mots, tombés du ciel, pour me sauver. La voix de mon frère, si douce, cette voix qu'on entend si rarement, et que la pratique régulière du silence a rendue un peu rauque. Il me tend la main et, à son regard grave, je devine qu'il a tout compris : l'objectif initial de ma diversion, le surgissement de mon embarras, et peut-être même la raison, si soigneusement camouflée, de celui-ci.

Mon frère parle peu, mais il écoute beaucoup. Et contrairement à ce que pensent la plupart des profs, qui ne perdent jamais une occasion de comparer nos bulletins (« Eh ben, c'est pas le même niveau entre les deux Vigier ! »), Maxime est très intelligent. Il comprend tout, même s'il ne le montre pas.

Pourquoi garde-t-il tout à l'intérieur ? Je ne sais pas exactement. Peut-être qu'il a porté un peu trop de poids, à un moment de notre existence. Durant les premières soirées où on a été seuls à la maison, c'est lui qui a tout géré : les repas, les devoirs, le coucher. C'est lui qui, le premier, a compris que nous ne comptions pas beaucoup pour nos parents, et qu'il n'y avait pas d'autre option que de l'accepter. C'est lui qui me l'a fait comprendre, aussi délicatement que possible. C'est encore lui qui me rassurait, la nuit, quand je faisais des cauchemars, s'efforçant d'oublier ceux qui l'avaient réveillé juste avant moi, puisqu'il n'y avait eu personne pour le réconforter.

Le résultat est que mon frère s'est effacé, comme s'il s'était convaincu de son inutilité, alors même que ses efforts m'ont permis, à moi, d'acquérir une certaine confiance en mes capacités. Maxime a trop enduré, trop absorbé pour me protéger ; depuis, il est comme mutilé. Je me dis souvent que mon frère s'est sacrifié pour moi.

– Merci, frangin.

Je me relève en me promettant que jamais, quoi qu'il advienne plus tard, je ne le laisserai tomber. Même quand on aura quitté le système scolaire et que je serai devenue l'une des dix chimistes les plus reconnues au monde. Au pire, je le prendrai comme assistant, et je ferai semblant de ne rien voir quand il se trompera d'éprouvette.

Jamal se relève à son tour, exagérant la lenteur de ses gestes pour montrer à ceux qui nous regardent qu'il se fiche de ce qu'ils pensent. Il réajuste son duffle-coat, époussète son pantalon orange. Je l'imite. Ce n'est pas parce qu'on est moche, maigrelette et mal habillée qu'on ne doit pas faire un minimum d'efforts pour s'arranger…

– Ça avait l'air sympa, ce petit câlin ! Vous m'inviterez, la prochaine fois ?

Un même sourire aux lèvres, nous regardons Siméon avancer vers nous de sa démarche si singulière. Sa présence nous fait toujours du bien.

– Les câlins, j'adooore ! ajoute-t-il en ouvrant les bras pour nous enlacer.

– Oui, ben, reste à distance ! rigole Jamal. Et ça vaut pour vous tous, mes agneaux. J'ai eu ma ration pour aujourd'hui. Hé, qu'est-ce que tu t'es fait à la lèvre ?

Les sourcils en points d'interrogation, Siméon pose deux doigts sur sa bouche, dont s'écoule un filet de sang. Il fait mine de sursauter en découvrant le rouge sur ses doigts.

– Oh, fa ? F'est un petit cadeau de fe fympathique Hulk Faufiffe.

« Hulk Saucisse », c'est Rayan, l'un des deux sbires de Nilton Lochet. Deux fois plus costaud que son maître et encore plus stupide, il est aussi nettement moins beau garçon. Pour les Rayan de ce monde, la seule manière de mener une existence confortable au collège consiste à s'attacher à une personnalité comme celle de Nilton, afin de frayer avec les dominants. Il a au moins eu l'intelligence de le comprendre.

Siméon l'a surnommé « Hulk » pour des raisons évidentes et « Saucisse » pour une raison, disons, moins évidente, mais très valable selon Siméon, « pour quiconque a partagé un vestiaire avec ce marsupilami déguisé en humain ».

Ah, et comme Rayan a un gros cheveu sur la langue, Siméon ne peut pas s'empêcher de l'imiter. J'ai plusieurs fois tenté de lui expliquer qu'en faisant ça, il s'attire des ennuis et qu'en plus, il se met au même niveau que celui dont il se moque, mais il ne m'écoute pas.

– Siméon, qu'est-ce que tu lui as dit ?

– Moi ? Mais rien, je t'affure ! Il m'a filé une gifle comme fa, fans raivon !

– Siméon…

Notre ami pousse un soupir, signe qu'il va daigner répondre.

C'est alors qu'il fait, avec son pouce, le geste d'indiquer quelque chose derrière lui. Je sens mon cœur et mon cerveau au bord du court-circuit : Siméon désigne le pilier de Nilton et Cécilia. Est-ce qu'il les a vus en arrivant ?

Avant que j'aie pu l'empêcher de parler, il lâche nonchalamment :

– C'est juste que j'ai surpris Rayan en train de roucouler à l'oreille de Mercredi Addams dans le couloir. J'ai donc fait une innocente blague à propos d'un éventuel remake de *La Belle et la Bête*… Rien de bien méchant !

– Mercredi Addams ? demande Jamal, qui sourit encore – mais plus pour longtemps, je le crains.

Je me torture les méninges pour faire dévier la conversation vers un autre sujet lorsque mon frère, contre toute attente, prend la parole :

– L'appelle pas comme ça, Siméon.

– De quoi ?

– Cécilia, reprend Maxime. L'appelle pas « Mercredi Addams ». C'est pas cool.

– Oh, c'est juste une blague ! Et puis, c'est pas comme si elle était hyper accueillante, cette fille ! Enfin, si, peut-être que ça lui arrive, mais pas avec…

– Cécilia ?

En entendant le tremblement dans la voix de Jamal, Siméon comprend enfin qu'il a gaffé.

Jamal, lui, ne prend même pas la peine de masquer sa tristesse : il se décompose.

– Cécilia ? Rayan était avec *Cécilia* ? Tu es sûr ?

Pris de court, Siméon s'empêtre :

– Euh, non, pas vraiment… Elle n'était pas… Enfin, il la serrait de très près, mais ça ne veut pas dire grand-chose… Mais de toute façon, on s'en fout de cette fille, non ?

À cette question, Jamal n'a pas répondu. Siméon, par bonheur, n'a pas insisté.

Et moi, je reste seule avec mes interrogations. Cécilia et Rayan, maintenant ? Quelques minutes après s'être laissé tripoter par Nilton ?!

OK, elle fait ce qu'elle veut, mais à quoi elle joue, au juste ? À quoi ça rime ?

Je ne connais rien à ce genre de chose, certes, mais son comportement ne me semble pas très rationnel.

DEUXIÈME INTERLUDE
JORIS ET LYA

La lame émit un bref couinement en s'enfonçant dans la nuque du cyborg placé en queue de peloton ; il fut aussitôt éliminé. C'est-à-dire qu'il disparut purement et simplement, après avoir émis un *blip* sonore – presque joyeux – ce bruit qui, dans le nouveau monde, annonçait la mort. *Blip !*

Les quatre autres se retournèrent d'un bloc.

– Intrus ! hurla la femme cyborg sous sa cagoule, tout en brandissant le lourd maillet qu'elle tenait d'une seule main.

Le cri s'éteignit dans sa gorge : la lame de Turan, après avoir décrit une rapide courbe latérale, venait de la lui trancher net. *Blip !*

La tête et le corps de la pillarde disparurent dans un geyser de sang mêlé à ce qui ressemblait à du liquide de refroidissement, pendant que son maillet tombait avec un son mat sur le sable ferreux. Maverick et Achab grondèrent et grattèrent le sol en un mouvement parfaitement synchronisé.

À cet instant, les deux spéciaux s'agitèrent dans leur filet. Turan leur adressa un geste d'apaisement. Peut-être s'autoriseraient-ils un peu d'espoir à la vue de ce sauveur tombé du ciel (à skis ?), mais il était peu probable qu'ils misent sur sa victoire, maintenant que l'effet de surprise avait pris fin.

Les trois cyborgs restants s'étaient mis en position de combat, groupés en un triangle hérissé de sabres et de haches. Tous se réjouissaient à l'idée de se battre ; ils frétillaient sur place. On pouvait même deviner le sourire que le chef affichait derrière son masque de hockey tandis qu'il faisait décrire de longs cercles à sa chaîne.

Vlouf. Vlouf. Vlouf.

Brusquement, Turan frappa dans ses mains, trois coups rapides, *clap-clap-clap*. Au dernier *clap*, les chiens bondirent, et chacun renversa un cyborg. Ils ouvrirent la gueule en même temps et la refermèrent en même temps sur la jugulaire plastifiée de leur proie ; le mélange de sang et de liquide de refroidissement jaillit, puis les cyborgs s'éclipsèrent. *Blip ! Blip !* Ce fut comme s'ils n'avaient jamais existé.

Turan orienta ses skis vers le chef, qui faisait toujours tourner sa chaîne devant lui.

– Tu as tué mon père, prépare-toi à mourir...*

Pourquoi avait-il dit ça ? « *Tu as tué mon père...* » C'était d'autant plus absurde qu'il n'avait aucun souvenir de ses parents ! Et puis, il n'avait jamais rencontré ce pillard. Ça ne tenait pas debout. Sans doute encore une de ces résurgences venues du passé... Il crut voir filer dans son esprit l'image d'un duel à l'épée.

Vlouf, refit la chaîne, plus fort, tandis que le chef s'approchait. *Vlouf. Vlouf.*

Avec une désinvolture feinte, Turan ignora la menace pour jeter un coup d'œil par-dessus son épaule. Dans le filet, les spéciaux le regardaient.

Leur expression ébahie, sans qu'il sache pourquoi, lui donna envie de faire dans le spectaculaire. Quoi qu'il ait été dans l'ancien temps, il n'avait sûrement pas été comptable : il aimait beaucoup trop qu'on l'admire !

Écartant les bras, il refit face au chef, puis il fléchit les genoux sur ses skis comme pour se lancer dans un *tout schuss*. Alors, un rictus fendant son visage, il s'écria...

– Hasta la vista, baby !*

... puis il partit en salto arrière, sa colonne vertébrale se tordant en point d'interrogation et ses skis fusant vers le ciel.

Leurs pointes se fichèrent sous le menton du chef et lui traversèrent le crâne, de part en part.

Blip ! Éliminé.

Turan se rétablit lestement. Il réajusta son casque, prêt à affronter le cyber-serpent, mais il s'aperçut alors que celui-ci avait fui en se forant un tunnel dans le sable. Tant mieux.

Il laissa flotter une seconde de silence, debout sur la dune jonchée de points de vie et libre d'assaillants. Vainqueur une nouvelle fois, une nouvelle fois survivant.

À quoi bon ? lui chuchota une petite voix moqueuse. Il refusa de l'écouter. Cette voix, il la connaissait bien. C'était celle des atermoiements, la tentation d'abandonner, face à tout ce qui avait été perdu… C'était la voix de la faiblesse, de l'inaction, de l'espoir déçu, et elle n'avait aucune utilité dans ce monde.

Après avoir ramassé les points de vie qui luisaient à l'endroit où chacun de ses cinq adversaires avait été supprimé – ça oui, ça pouvait servir –, Turan se souvint des spéciaux qui remuaient dans leur filet.

– Ne me remerciez pas, leur dit-il. J'avais juste envie de me défouler.

Content de sa réplique, il se détourna pour atteler ses chiens et se remettre en route avant la tombée de la nuit. La Nature obscure n'allait plus tarder à s'éveiller.

– Te remercier ? Tu rêves, tête de fer !

C'était la fille bleue. Turan se retourna, interloqué. Au-delà du fait qu'il ne voyait pas ce qui la mettait en colère, il n'aurait jamais imaginé entendre un spécial parler sur ce ton à un cyborg. Est-ce qu'elle ignorait qu'il pouvait la supprimer d'un seul boost-punch ?

D'ailleurs, c'est ce qu'il aurait fait en temps normal… Mais sans aucune raison logique, cette fille l'intriguait.

– Comment ça ?

À sa grande surprise, elle bondit sur ses pieds et se tint debout pour lui faire face. Elle n'était donc pas ligotée…

Et le garçon non plus : il se relevait à son tour. Sans produire très forte impression, vu sa petite taille. N'empêche que tout ça était intrigant.

– Vos noms ? lâcha Turan (plus que jamais, sa voix sonna à ses capteurs auditifs comme celle d'un robot).

La fille haussa les épaules, dédaignant clairement ce ton militaire.

– Lya et Joris. Pour ce que ça vaut, c'est-à-dire pas grand-chose : ce sont seulement les noms qu'on a eus à l'esprit quand on s'est réveillés dans ce cauchemar organisé. Comme le tien, je suppose. Qui est ?

– Turan.

– Turan ? Tu parles d'un pseudo ! Tu vois bien, ça n'a aucun sens…

Il savait ce qu'elle voulait dire. Au lendemain de la Cyberpocalypse, les néo-humains s'étaient tous réveillés avec un nom qui « clignotait » dans leur cerveau. Un nom qui les avait choisis plutôt que l'inverse. Comme pour leur dire : *Allez, maintenant on va jouer à la guerre !* Ce n'était pas le genre de sujet que Turan aimait aborder.

Bon sang, ce n'était pas le genre de sujet que quiconque aimait aborder ! Cette fille commençait à l'agacer. (À la seconde où il eut cette pensée, la petite voix lui susurra que ce n'était pas si mal d'être *agacé* par une personne…)

– Vous êtes alliés, tous les deux ?

Il avait posé la question parce qu'il ne comprenait pas comment des spéciaux pouvaient encore être en vie. Sauf, à la rigueur, s'ils avaient réussi à convenir d'une alliance…

– Frère et sœur, répondit Lya.

Le dénommé Joris acquiesça, sans ouvrir sa bouche cerclée du tatouage lumineux. Les huskies, eux, s'étaient mis en veille ; le rougeoiement de leurs rétines avait cédé la place à un blanc nacré. À la façon dont Achab avait posé sa tête contre celle de Maverick, on aurait cru qu'il cherchait sa chaleur.

Turan considéra les deux spéciaux. Si la fille disait vrai, Joris et elle faisaient partie des très rares néo-humains qui, après s'être éveillés l'un à côté de l'autre, avaient pu déduire d'après leurs ressemblances qu'ils appartenaient à la même famille. Autrement dit, des miraculés qui n'avaient pas à arpenter seuls cette terre vide de sens. Malgré lui, Turan ressentit une pointe de jalousie ; il s'en voulut aussitôt de cette nouvelle faiblesse. Cette fille n'avait décidément pas une bonne influence sur lui.

À moins qu'elle ne soit, au contraire, ton unique planche de salut ? répondit la petite voix.

En tout cas, cette spéciale ne manquait pas de cran : elle ne paraissait pas éprouver un soupçon de peur. Elle prenait tranquillement le temps de s'épousseter les bras et les jambes, un geste incongru dans le désert de fer infini où ils se trouvaient.

– Joris est muet de naissance, dit-elle en désignant son frère. Enfin, *in novo.*

In novo : « dans le nouveau monde ». Turan évitait d'employer le jargon inventé *in novo*, justement, mais certaines expressions avaient le mérite d'être pratiques. Tout ce qui vous évitait de prononcer des termes comme « catastrophe » ou « fin du monde » était bon à prendre.

Il fit signe à Lya de continuer. Elle obtempéra, mais pas comme il s'y attendait :

– Tu te prends sûrement pour un *Big Boss*, comme tous ceux de ton espèce, attaqua-t-elle. Mais moi, je sais exactement ce qui mijote dans ton petit cerveau limité de robot-tueur.

– Hé ! protesta Turan.

Elle lui coupa la parole :

– Tu te demandes comment deux pauvres spéciaux ont pu survivre aux combats. Tu t'es demandé, tout à l'heure, pourquoi les pillards nous avaient faits prisonniers au lieu de nous éliminer ainsi qu'ils auraient, selon tes critères absurdes, « dû » le faire. Et tu te demandes comment je peux avoir l'audace de te parler sur ce ton.

La dernière phrase, elle l'avait prononcée avec un sourire futé que Turan ne put s'empêcher de trouver… séduisant ?

L'amour, qu'il s'agisse du sentiment ou de l'acte physique, était l'un des nombreux besoins naturels qui avaient disparu avec la Cyberpocalypse, tout comme la nécessité de manger ou de dormir. Les spéciaux passaient pour être des créatures vaguement charnelles, capables de se représenter les sensations liées au désir à défaut de les éprouver vraiment ; mais les cyborgs, eux, n'avaient plus du tout accès à cette palette de l'existence. Aussi Turan ne pensa-t-il pas à relier le pincement qu'il venait d'éprouver dans sa carcasse bionique à une forme d'attirance pour la jeune mutante.

Cela dit, ses capteurs n'étaient pas très loin de la surchauffe.

– ASSEZ ! cria-t-il, car il se sentait perdre pied.

Il se figea, estomaqué d'avoir perdu son calme. Il n'avait pas rencontré cette spéciale depuis cinq minutes et il ne savait déjà plus ce qui lui arrivait.

– C'est ton pouvoir, hein ? lança-t-il. Tu détraques mes circuits, tu…

Elle fit alors une chose qui acheva de le dérouter : elle éclata de rire.

Depuis que le techno-virus avait tout ravagé, tout changé, tout détraqué, Turan n'avait jamais entendu résonner l'écho d'un rire. Jamais.

Lorsque le rire de Lya s'éteignit, Turan sut que d'une certaine manière, il avait perdu la bataille. Il choisit d'écouter sans opposer de résistance.

Au moment où Lya reprit la parole, la gemme qu'elle arborait au milieu du front s'éclaira d'une lueur rouge.

– Je vais répondre aux trois questions que tu t'es posées, dit-elle. Mon frère et moi avons survécu parce que, comme tu l'as supposé, nous nous sommes soutenus l'un l'autre. Non pas pour conclure une de vos si temporaires alliances, mais parce que nous avons décidé que nous nous *aimons*. Te souviens-tu seulement du sens de ce mot, tête de fer ?

S'il en avait été capable, Turan se serait senti rougir. Il se contenta de faire signe que non.

– Tant pis pour toi, reprit Lya. Les pillards, maintenant. S'ils nous ont faits prisonniers au lieu de nous éliminer, c'est parce qu'ils ont été mandatés pour nous trouver, contre récompense, par quelqu'un. Quelqu'un qui vit de l'autre côté du désert, dans une caverne à l'abri des conflits. Quelqu'un qui recherche les rares spéciaux encore vivants sur cette planète. Je ne sais pas s'il en reste en dehors de nous, mais Joris et moi sommes prêts à tout risquer pour répondre à cet appel. C'est pourquoi, quand les pillards nous ont dit qu'ils voulaient nous amener à lui, nous nous sommes laissé capturer. Veux-tu essayer de deviner pourquoi ?

Turan hésita, puis répondit :

– Vous vous êtes dit qu'ils fourniraient une protection contre les attaques qui risquaient de vous tomber dessus.

Lya le récompensa d'un sourire charitable qui, encore une fois, lui fit l'effet d'un séisme. Les sourires étaient moins exceptionnels que les rires, mais tout de même, personne ne s'accordait le luxe d'en dispenser ainsi autour de soi, sans raison.

– Voilà un cyborg un peu moins borné que ses semblables ! s'amusa-t-elle. Nous espérions voyager tranquillement, oui. Hélas, nos « gardes » se sont avérés peu efficaces contre toi.

– Je ne voulais pas…

Turan s'interrompit, perdu. Il était en train de s'excuser ! Qu'est-ce qui lui prenait ?

– Et pour répondre à ta dernière question, continua Lya, si je me permets de te parler comme je l'entends, c'est parce que je ne te crains pas. D'abord parce que l'élimination serait plutôt une délivrance qu'un châtiment. Et ensuite…

Elle fit mine de se concentrer, fermant les yeux. La gemme rubis luisit plus fort sur son front.

– … parce que je maîtrise *très bien* mes pouvoirs télépathiques. C'est aussi pour cela que nous sommes encore en vie, Joris et moi. Si tu essayais de m'attaquer, je pense que je parviendrais à te vaincre, en anticipant chacun de tes mouvements pour les contrer. Même si, contrairement à toi, je déteste me battre.

– Tu es une télépathe ?

C'était tout ce qu'il était parvenu à répliquer.

– Exact, dit Lya. Je lis dans les esprits. Il se pourrait même qu'en fouillant dans le tien, je parvienne à entrevoir des bribes de ta vie *d'avant*…

Elle plissa les paupières, prête à prouver ses dires. La lueur de sa gemme s'amplifia.

Mais elle rouvrit aussitôt les yeux, et Turan vit qu'elle paraissait déroutée. Ou plutôt, bouleversée.

– Quoi ? Qu'est-ce que tu as vu ?

Elle leva une main, le regard fixe, pour lui demander un peu de temps.

– J'ai vu… J'ai vu ton visage avant que le techno-virus n'efface la réalité. Ton visage humain. Tu avais un visage très doux, des yeux brillants, et tu souriais très fort. Tu avais la tête pleine de rêves, Turan.

Elle planta sur lui deux yeux dorés qu'il crut voir s'enflammer, contrastant avec le noir d'encre de ses cheveux.

– Tu étais quelqu'un de bien. Tu étais gentil. Jamais tu n'aurais levé la main sur personne.

Turan ne répondit rien. Il se sentait tout aussi incapable de parler que Joris, le mystérieux frère de Lya. Ce dernier suivait leurs échanges d'un air circonspect.

– D'habitude, reprit Lya, je n'arrive pas à lire aussi clairement dans l'esprit des autres. Surtout pas des cyborgs. Mais…

Elle lui concéda un sourire timide – encore un sourire ! – et murmura :

– Mais il semblerait que nous ayons une connexion, toi et moi. Quand j'ai fouillé ton esprit, j'ai eu un flash puissant de ce qu'était le monde d'avant la Cyberpocalypse. Cette époque de peur, d'instabilité. Les catastrophes provoquées par le réchauffement climatique et tout ce qui en a découlé. Les migrations de masse, les guerres civiles. Ce sentiment permanent que l'on avait d'être au bord du gouffre…

Le sourire s'estompa lorsqu'elle reprit :

– Jusqu'au jour où les chefs des plus grands pays occidentaux ont décidé, ensemble, de lancer le techno-virus, dans l'espoir fou de « remodéliser la nature ».

Comme vaincue par ses propres mots – et par la vision que son pouvoir lui avait imposée –, Lya se laissa choir au sol, où elle s'assit en tailleur.

Turan vacillait face à elle. Joris observait la scène sans émettre un son ; ses cheveux de feu semblaient crépiter sur sa tête. Les cyber-huskies, en état de veille, vrombissaient doucement.

Lya posa son menton dans ses mains. Elle poursuivit :

– On peut dire qu'ils ont bien foiré, nos dirigeants, en voulant jouer les héros. Cependant...

La gemme rubis s'éclaira à nouveau. Turan ne put s'empêcher de demander :

– Cependant ?

– Cependant, il semblerait que d'autres héros aient une toute petite chance de réparer leurs bêtises. Et ces héros, c'est nous, les spéciaux.

Elle leva les yeux vers lui. Turan la dominait de toute sa hauteur, et pourtant c'était elle qui le tenait dans le creux de sa main. La voix moqueuse lui chuchota qu'il suivrait cette spéciale jusqu'au bout du monde si elle le lui demandait. Il ne trouva rien à rétorquer.

– Joris et moi devons rejoindre le Mage dément, dit Lya. Tu as dû en entendre parler, non ?

– Oui, répondit Turan, fasciné malgré lui.

– Bien. Il y a trois jours, j'ai reçu un flash télépathique d'une ampleur inégalée : j'ai entrevu sa caverne. Ainsi que sa machine. Il a réussi à construire une machine…

*Une machine à voyager dans le temps, Doc ?!**

Turan dut faire un immense effort pour ne pas prononcer à voix haute la phrase grotesque qui venait de jaillir dans son cortex. De toute façon, Lya l'avait « entendue », comme en témoignait le sourire qui étirait ses lèvres. (Encore un sourire !)

– Je sais que ça paraît impossible, mais je suis convaincue de ce que j'affirme : le Mage dément existe, sa machine est réelle. Il l'a bâtie avec les composants qu'il rassemble depuis le début de la Cyberpocalypse. Et ce, dans un seul but : déclencher la *rétroversion du réel*. Un rétablissement du monde tel qu'il était… et tel qu'il aurait dû rester. Avec notre aide, ce projet peut réussir, Turan.

En entendant son nom prononcé par la spéciale, Turan ressentit encore une fois le pincement incongru. Et il commença à en décrypter la signification. Contrairement à ce qu'il avait si longtemps cru, il était resté humain, sous cette peau qui recouvrait tant d'implants artificiels et de circuits électroniques. L'énergie qui infusait ses organes ressemblait peut-être à de l'électricité, mais cela ne l'empêchait pas de faire battre son cœur. Il avait un cœur qui battait ; il l'avait seulement oublié. Jusqu'à maintenant.

– Tout ce dont le mage a besoin, reprit Lya, c'est de nous. Les spéciaux. Pour alimenter sa machine. Si ça marche, nous pouvons sauver le monde, Turan, tu comprends ? Donner une chance à l'humanité de recommencer à zéro !

Il hocha la tête. Il comprenait. C'était incroyable, délirant, et pourtant il comprenait.

– Mais pour ça, murmura-t-elle, il faut que toi aussi, tu répares tes bêtises.

Elle asséna le coup de grâce :

– Tu dois nous escorter jusqu'à la caverne du Mage dément. Tu dois nous aider à survivre aux attaques de cyborgs et aux horreurs de la Nature obscure.

Turan ne répondit pas qu'il n'en était pas question, qu'il n'avait aucune intention de traverser un désert pixellisé pour courir après un mirage sur la seule foi d'un prétendu « flash télépathique » qui pouvait très bien n'être qu'un simple rêve. Il savait ce qu'était un rêve, même s'il n'en faisait jamais. Une illusion, autrement dit. Une illusion, oui, produite par cette valeur obsolète dont Lya irradiait littéralement de tous ses membres : l'espoir.

Au lieu de dire tout cela, Turan fit une chose incroyable, qu'il ne se pensait plus capable de faire. Il offrit un sourire à Lya. Un sourire si rond et englobant qu'il semblait fait pour qu'on s'y niche.

6

CÉCILIA ET EUX

Vendredi 23 décembre 2022,
une autre semaine plus tard – J-1 avant les vacances !
Toujours dans notre chère ville de province, bien sûr.

Cécilia et Nilton, Cécilia et Rayan… Ça ne tient pas debout. Et je crois qu'en définitive, c'est ça – l'aspect irrationnel des scènes dont j'ai été témoin – qui m'a décidée à la suivre, le vendredi suivant. Je suis trop amoureuse de la logique ; si quelque chose s'en écarte, j'ai besoin de l'observer de près, pour comprendre.

En tout cas, je ne vois pas d'autre explication à ma conduite. Cette fille m'intrigue, d'accord, mais je n'ai aucune affinité avec elle. Son sort ne m'importe pas beaucoup plus que celui de mes chères « copines de piscine » Chloé et Mélissa, et si elle a envie de se faire tripoter par tous les abrutis de la classe, qu'est-ce que j'en ai à faire ?

Évidemment, il y a Jamal. Mon pauvre Jamal qui se la figure en sirène dark, bourdonnante de mystère, aussi sensuelle que douce, et pure comme l'aube, et gentille, et drôle, et malicieuse « une fois qu'on la connaît ». Une fois qu'on a la chance de la connaître.

Jamal qui la rêve du matin au soir, qui mendie de sa part un regard qu'il n'obtiendra jamais, alors que cela suffirait à le rendre fou de joie.

Jamal qui soupire et espère, sans logique ni raison…

Jamal qui se fait des films, quoi. Ou qui « cristallise », c'est-à-dire qu'il emploie son imaginaire à nourrir le sentiment amoureux qu'il *croit* éprouver, ainsi que nous l'a expliqué Mme Ripolis dans un cours plutôt intéressant sur le héros romantique chez Stendhal.

Mon Jamal, si romantique et si imaginatif, qui s'est effondré en apprenant que sa sirène dark sortait avec un autre. Alors, s'il découvrait qu'ils sont deux…

C'est donc par amour pour la logique, et aussi pour mon ami, qu'au lieu d'aller traîner au parc avec les copains, après les cours, j'ai dit :

– Désolée, les gars, je dois vraiment aller faire une course. Un truc de filles.

Maxime a froncé les sourcils, flairant l'arnaque (je me sers souvent du « truc de filles » quand je n'ai pas envie qu'on me suive), mais il n'a rien dit. En revanche, Siméon s'en est pas privé :

– T'abuses, Max ! On avait dit qu'on parlerait du film. Faut qu'on cale tout, les réunions, la répartition des tâches, le planning…

– Au minimum, il faudrait qu'on se mette d'accord sur le genre d'histoire que vous voulez, a ajouté Jamal en souriant.

Il recommençait à sourire depuis quelques jours, soit qu'il ait choisi de faire bonne figure, soit qu'il se soit refusé à croire que sa précieuse Cécilia sortait avec Rayan. Il ne les avait plus revus ensemble, ce qui l'avait sûrement rassuré. (Mais moi, moi qui les épiais, je les avais revus, et j'avais aussi surpris Cécilia dans une autre « conversation privée » avec Nilton.)

Sans me quitter du regard, il a désigné sa tempe d'un coup d'index.

– J'ai un tas de scénarios en réserve là-dedans, mais il faut quand même que je sache dans quel coffre vous voulez que je puise. Comédie ? Drame ? Fantastique ? Demandez ce que vous voulez, mes agneaux : je peux tout faire !

Sur le moment, je ne l'écoutais pas, car je cherchais à repérer Cécilia. Je l'ai aperçue devant le portail, son sac sur l'épaule, au milieu de ses amis. Le trio de super-vilains au complet : Nilton, Rayan et Mathias, plus connu sous le surnom de « Mad Mathias ». Nilton faisait le show devant une Cécilia qui m'a paru assez absente, perdue dans ses nuages de bruit. Rayan cherchait une vidéo dans son téléphone qu'il voulait absolument leur montrer, il s'empêtrait en répétant que c'était « une dinguerie atomique », mais il n'arrivait pas à remettre la main dessus. Quant à Mathias, il restait placide, comme à son habitude.

Mathias, c'est un cas à part. Les raisons pour lesquelles Rayan suit Nilton partout me semblent assez lisibles : Rayan a envie d'être populaire, il fait donc à peu près tout ce que lui ordonne son chef. C'est commun. Je suppose que l'humanité a toujours fonctionné ainsi.

Même le comportement d'un Nilton, si ignoble qu'il soit, je peux me l'expliquer. Nilton a besoin de victimes pour briller, se sentir exister. Les garçons comme Nilton ne sont pas des êtres fondamentalement inhumains ; la peur explique en grande partie leurs agissements. Une peur qui débouche sur un désir assoiffé d'être célébré, aimé, reconnu malgré les tares cachées, les secrets honteux et les faiblesses inavouables. Bref, malgré ce bazar psychologique que chacun se trimbale. À ceci près que certains s'en chargent sans embêter personne, alors que d'autres n'en ont visiblement pas la force.

Selon moi, les harceleurs sont des personnes qui manquent de force, et ils le font payer à tous ceux qui acceptent d'adopter le rôle de la victime. C'est triste mais logique. Qu'on se contente de déplorer ce système ou qu'on essaie d'en briser les dynamiques, on peut comprendre comment ça fonctionne. Ce n'est que du cinéma, encore une fois ; les élèves, tout autant que les profs, adoptent un rôle afin de survivre à la dure épreuve du collège.

Mais de même que M. Magnard me fait parfois l'effet d'être un véritable monstre plutôt qu'un simple prof sadique, je ne m'explique pas ce qui, en profondeur, anime Mathias. Ce qui le pousse à faire ce qu'il fait.

Nilton humilie les autres pour se sentir fort et Rayan, pour trouver sa place sur l'échiquier ; mais Mathias, lui, n'obéit qu'à une chose : sa folie. Son besoin viscéral de blesser, de faire souffrir, de salir, de démolir, de briser ce qui l'entoure, et de transformer la moindre parcelle de beauté en un gros tas de merde.

Quand je pense à Mathias, je dois faire appel à toute ma foi dans le genre humain pour me dire que lui aussi en fait partie. Sinon, comment accepter l'idée qu'un garçon de quatorze ans ait pu trouver drôle de mettre *son propre chien* dans la machine à laver, juste pour voir ce que ça donnerait ?

J'ai aperçu ses parents plusieurs fois, car ils sont souvent convoqués par le principal. Ils m'ont paru normaux. Je n'ai rien perçu chez eux de malsain. Ils avaient seulement l'air très fatigués. Mais bien sûr, les apparences sont souvent trompeuses...

– Maxine, hou-hou ! Pour le scénar, t'en dis quoi alors ? Comédie ? Science-fiction ? Horreur ?

J'ai refait le point sur Jamal, Maxime et Siméon, qui me dévisageaient avec perplexité. Dans le même temps, je me suis rendu compte que Cécilia était en train de partir. Elle s'apprêtait à tourner au coin de la rue, et « Mad Mathias » la pistait. Nilton et Rayan regardaient leur pote taré la talonner en affichant le même sourire dégueulasse.

Non... pas Mathias. Pas lui ! Ça m'a paru impossible qu'elle envisage de fricoter avec ce taré, en plus des deux autres. Ma fibre rationnelle ne pouvait pas le supporter. Alors j'ai dit la première chose qui m'est venue :

– Science-fiction, ce serait parfait. Une histoire de cyborgs, tiens, Siméon dessinera ça très bien. Ça vous va ?

Sur le coup, je me suis dit que j'avais proposé ça par association d'idées, parce que j'avais les yeux fixés sur « Mad Mathias », dont le surnom vient d'un vieux film post-apoc* qui figure parmi les chouchous de Jamal. Pas une seconde je n'ai repensé au rêve que j'avais fait la semaine passée. Aussi incroyable que ça nous ait paru par la suite, aucun de nous n'y a repensé.

Aucun de nous... alors que, cette nuit-là, on avait tous fait exactement le même rêve.

Incroyable, oui. Et pourtant, nous l'avions tous oublié, remisé dans un coin de nos mémoires que nous ne pouvions plus atteindre.

J'ignore pourquoi. Peut-être que c'est lié à nos personnalités flottantes, ou à cette fichue adolescence. Ou peut-être que ce type de phénomène se produit tous les jours, chez plein de gens, sans que personne s'en rende compte ; peut-être qu'on fait souvent des rêves communs avec celles et ceux qu'on aime, mais qu'on passe notre temps à les oublier ; alors ils s'éteignent en nous comme des traces mortes d'une autre existence possible, et on ne peut jamais rien en faire… En ce cas, peut-être qu'il faut un Jamal, un esprit très spécial, pour avoir l'idée d'en tirer des notes écrites et, ainsi, changer l'ordre des choses.

– Allez, je file ! j'ai crié.

Les yeux fixés sur Mathias et Cécilia, je suis partie.

*

* *

À un moment, j'ai bien cru que je m'étais trompée. J'ai pensé – ou espéré – qu'ils n'allaient pas dans la même direction. Ouf ! J'avais fait une bête erreur d'appréciation, et au prochain croisement, Mad Mathias allait rentrer chez lui torturer ses poissons rouges ou incendier les rideaux de sa mère, Cécilia irait son chemin, et moi, je pourrais retrouver mes copains. J'en profiterais pour acheter une boîte de tampons à l'épicerie. Jamal et Siméon ne me poseraient pas de questions sur ma prétendue « course de filles ». Maxime se douterait de quelque chose, mais ne me demanderait pas de comptes.

J'étais sur le point d'abandonner ma filature…

Quand soudain, Cécilia bifurque vers le parking du Carrefour Market.

Aussitôt imitée par Mathias, qui sifflote un petit air agaçant. Le même genre d'air que dans ce vieux film allemand que Jamal m'a montré, celui avec un tueur d'enfants*.

Et je comprends alors que Cécilia guide Mathias, pour l'emmener quelque part. Qu'elle le guide délibérément.

Je n'arrive pas à y croire. Seulement, il faut que je sois sûre, alors je continue à les pister. Je ne suis pas très discrète comme détective, mais ils ne font pas mine de se retourner. Ils savent où ils vont.

Et moi aussi, je sais. Au fond du parking, il y a « le Garage ». C'est un trou creusé à l'intérieur de la haie qui borde les voitures en stationnement. Tout le monde, au collège, a entendu parler de cet endroit. Parce que c'est là que certains ados se retrouvent pour, euh, faire des choses. Je ne suis pas à l'aise pour parler de ça, mais j'ai cru comprendre que le surnom de ce trou a quelque chose à voir avec une blague obscène sur les filles qui acceptent d'y aller.

Encore une fois, chacun fait ce qu'il veut, je n'ai pas à juger. C'est surtout que je ne *comprends* pas. Qu'elle ait craqué pour Nilton parce qu'il est beau garçon et populaire, admettons. Qu'elle offre ses faveurs au meilleur pote du caïd, à la rigueur.

Mais cette fille, quoi que ça me coute de l'admettre, a quand même une singularité. Si Jamal a flashé sur elle, ce n'est pas seulement parce qu'il est trop romantique pour la voir comme elle est. C'est parce qu'elle est, *vraiment*, spéciale. Est-ce qu'elle mérite de laisser ce cinglé de Mathias mettre ses mains sur elle dans un endroit qu'on surnomme « le Garage » ?

Malheureusement, pendant que je me faisais ces réflexions, j'ai constaté qu'ils étaient bien en train d'entrer dans la haie, l'un après l'autre.

J'ai décampé : je sentais monter la nausée.

*

* *

En repassant devant le parc, je suis tombée sur les garçons, qui venaient d'en sortir.

Ils avaient l'air tout excités.

– Tu vas être fière de nous ! s'est exclamé Jamal. On a calé plein de trucs : durée du film, missions, liste de matériel, etc. Et je pense même avoir une histoire à vous proposer.

Il m'a offert son plus beau sourire, ce sourire si rond et englobant qu'il semble fait pour qu'on s'y niche.

– Raconte, j'ai dit.

Il a pris un air de prestidigitateur :

– Plus tard. Il faut que j'y travaille, c'est encore brumeux dans ma tête. Tout ce que je peux te dire, c'est que ça vient d'un rêve que j'ai fait... Un rêve somptueux ! Ça m'a frappé comme un flash, au parc, pendant qu'on discutait avec les gars. Expérience très singulière.

– Ah ? j'ai demandé.

Et sans doute qu'à ce moment-là, dans ma tête, une ampoule s'est allumée. Mais Jamal m'a prise de vitesse en enchaînant :

– C'est surtout la *sensation* du rêve qui m'est revenue. Les détails, je n'arrive plus à m'en souvenir, là, tout de suite. Mais je sais que c'était puissant. Ça commence sur une plage. Une plage de sable métallique.

– Euh, d'accord...

– Fais-moi confiance, Max. *Tu me fais confiance** ?

C'était une citation de *Titanic*, je l'ai compris au geste qui l'a accompagnée : une main tendue comme pour me venir en aide. J'ai acquiescé à mon « Jamal

DiCaprio » pour dire que oui, bien sûr, je lui faisais confiance. Toujours.

Satisfait, il a conclu :

– J'ai pris des notes, de toute façon. Je remets tout ça au propre pendant les vacances et à la rentrée, je vous montre. Ça vous va ?

On a dit oui.

À cet instant, je me suis frappé le front.

– En parlant de Noël ! J'ai fait mes petites emplettes, moi... Et j'ai un cadeau. C'est pour un de vous trois, je ne vous dis pas lequel.

Avec une lenteur étudiée, j'ai commencé à fouiller dans la poche de mon manteau.

– Ah bon ? m'a demandé Siméon. C'était pas, euh, un truc de filles ?

Je lui ai envoyé un clin d'œil moqueur.

– Nan, j'ai dit ça pour que vous me fichiez la paix. Car j'ai acheté... ceci !

Et je lui ai tendu un paquet de piles neuves.

– Joyeux Noël, Siméon ! Avec ça, tu arriveras à l'heure pour la rentrée.

Un sourire a éclairé la drôle de touche de mon ami. Il a ouvert les lianes souples de ses bras.

– Viens faire un gros câlin ! Cette fois, tu n'y coupes pas !

Bien que je ne sois pas trop à l'aise avec les contacts physiques, je me suis avancée.

– Bon, mais rapide, alors. Et ne t'habitue pas à ce que je fasse tes achats, hein ? Il n'y a pas de raison que ce soit toujours aux filles de…

– Promis, Simone de Beauvoir : je vais devenir un garçon responsable. Allez, câlin !

Et il m'a serrée dans ses bras.

C'est alors que, levant les yeux, j'ai remarqué que des flocons s'étaient mis à tomber autour de nous. Je me suis dit qu'on devait avoir l'air jolis, tous les deux, blottis sous la neige. Que la scène devait avoir quelque chose de magique.

Et comme pour me récompenser d'avoir eu une pensée aussi *soyeuse*, la réalité s'est subitement mise au diapason de mon bizarre petit cerveau : sans un mot, Jamal et Maxime nous ont rejoints dans notre étreinte, et on s'est tous serrés très fort.

Mes amis, j'ai pensé. *Mon équipe.* Pas de doute, on vivait un moment magique.

– *Joyeux Noël, camarades**, a chuchoté Jamal.

Je n'ai pas reconnu le film, mais ça n'avait pas d'importance : à la façon dont il l'a dit, j'ai deviné qu'il était heureux. Serré contre mon épaule, Maxime chantonnait sans bruit. Siméon gloussait si fort qu'il semblait à deux doigts de sangloter. Une énergie unique circulait entre nous et nous galvanisait.

J'ai pensé que là, tous les quatre, ensemble, on était invincibles.

TROISIÈME INTERLUDE
ARISTIDE

Le ciel virait au mauve. Les poings serrés sur ses lanières, Turan ne put retenir une grimace en se retournant vers son convoi. Pour gagner du temps, il avait récupéré le filet des pillards et ordonné aux jumeaux de se réinstaller dedans – Achab et Maverick le tractaient sur ses skis, et lui, une courroie enroulée autour des hanches, tractait l'attelage.

Les chiens tenaient le coup ; ils pouvaient supporter des charges bien supérieures. Le problème, c'est que leur vitesse s'en trouvait ralentie. Achab accusait des signes de faiblesse. Ses pattes étaient secouées de violentes saccades, et il tournait vers Turan son œil cerné d'une tache noire comme pour l'implorer de le ménager. Maverick, telle une boule de feu enneigée, compensait en se déportant sur la droite afin de tirer une part plus importante de la charge. Existait-il entre ces deux créatures cybernétiques une forme de solidarité, voire de lien affectif ? Turan ne s'était jamais posé la question.

Il secoua la tête pour chasser ces idées qui l'agitaient. Plus que jamais, l'heure était à l'action : la Nature obscure commençait à se réveiller. On l'entendait gronder de partout…

– Elle est encore loin, ta grotte ? lui cria Lya.

Cramponnée aux mailles du filet, elle jetait des regards inquiets de tous côtés. Joris restait stoïque, mais la terreur se lisait sur son visage. Dans quelques minutes, peut-être quelques secondes, n'importe quelle horreur pouvait se ruer sur eux.

– On y est pr…

Un choc assourdissant interrompit Turan, dont le corps alla valdinguer sur une dizaine de mètres après avoir effectué plusieurs rebonds. Par miracle, il avait eu le réflexe de lâcher les lanières, sans quoi les chiens auraient été décapités dans la collision.

Alors qu'il roulait au sol pour se redresser, il jeta un regard vers eux. Achab se relevait déjà, mais Maverick, couché sur le dos, tressautait en émettant d'inquiétants grésillements. Sans doute était-il en train de procéder à une remise à jour de son système endommagé, comme cela lui arrivait parfois.

Lya et Joris, eux, étaient indemnes ; la courroie s'était sectionnée au moment de l'impact, de sorte qu'ils n'avaient pas été percutés par le Cyclos qui venait de surgir de sous terre.

Car c'en était un.

Il frôlait les trois mètres de haut. Les plaques de métal qui tapissaient son buste saillant se froissaient et se défroissaient au rythme de sa respiration lente ; le son qu'il produisait tenait du moteur vrombissant et du grondement bovin. Si ses membres – quatre pattes interminables composées de tubes, de ressorts et de gaines de caoutchouc – évoquaient une machine, sa gueule truffée de crocs à la façon d'un porte-épingles, suintant d'une bave noire, était bien celle d'une bête. On pouvait même deviner, entre les plaques métalliques, des pans de sa chair grêleuse et boursoufflée. Cette chair suggérait la présence de la vie dans ce corps immonde, tandis que, dans le même temps, la fixité de ses yeux rouges et surmontés d'antennes électriques en niait toute possibilité.

Sans doute la vision des cyborgs et des animaux bioniques aurait-elle effrayé un homme de l'ancien temps ; mais il aurait, du moins, décelé chez eux les vestiges d'une humanité reconnaissable par-delà la métamorphose. *Avant*, ils avaient été de vrais êtres vivants. Il en allait autrement de ces créatures : des objets, de stupides objets faits de plastique ou d'acier, que la Cyberpocalypse avait animés en les hybridant avec des éléments du monde naturel.

Les Cyclos, à l'origine, n'étaient sans doute que des mobylettes et des scooters. Ils faisaient dorénavant partie des nombreuses monstruosités enfantées par la Nature obscure. Un peuple composé de ces choses qui, auparavant, finissaient leur vie dans les décharges publiques : voitures, ordinateurs, télévisions, fours, frigos, tondeuses à gazon… Autant de gadgets que le virus avait amalgamés à des organes, des tissus et des appendices de sangliers, d'ours, de rapaces ou même de plantes carnivores. Aucun homme de l'ancien temps n'aurait pu poser les yeux sur ces monstres sans succomber à la démence.

Brûlants de rage mais d'une absolue froideur, inaptes à la plus élémentaire communication, ils étaient le point culminant de l'évolution telle qu'elle avait été remodélisée par le techno-virus ; un mélange d'éléments disparates, doué de mouvement plutôt que de vie, conçu uniquement pour le combat et la destruction, parfaitement acclimaté à l'infini désert du Royaume détraqué.

Par miracle, ces créatures ne s'animaient que quand le soleil, virant du rose au mauve, s'éteignait. Le reste du temps, elles dormaient, enfouies très loin sous les dunes ferreuses…

Haletant face à ses proies, le Cyclos se massait l'épaule avec l'une de ses pattes, à l'endroit de la collision. Éprouvait-il de la souffrance ? Difficile à dire.

– Courez ! cria Turan à Lya et Joris.

Le cyborg n'eut qu'à pousser sur ses talons pour déchausser ses skis, puis il s'éleva en un bond fantastique vers son adversaire. Dès qu'il fut à la hauteur du mufle – un radiateur par où s'exhalait un souffle fétide –, il lui décocha une ruade, arrachant les plaques de tôle qui lui tenaient lieu de bajoues.

– *RschlllllOARGHmmrmrmrmrmr !*

On aurait juré entendre un meuglement de douleur. Mais Turan n'avait pas envie de s'aventurer sur ce terrain-là. Ce qu'il savait, pour avoir affronté ce genre de monstres, c'est qu'il devait agir vite s'il voulait s'en tirer. Plongeant les mains dans les poches de son treillis, il saisit deux clefs de serrage, les brandit et se jeta à l'assaut du Cyclos.

Lorsque celui-ci tendit ses pattes pour l'attraper, Turan ne fit rien pour l'en empêcher ; au contraire, il se laissa prendre.

– Turan ?! s'affola Lya.

– Pas… de panique, grogna-t-il tandis que le Cyclos ouvrait une gueule assez énorme pour l'engloutir en entier. Tout… est sous… contrôle !

Les quatre pattes du Cyclos l'enserraient, exerçant une pression de plus en plus intense sur ses côtes. S'il avait eu un peu de ventre, il aurait éclaté comme un ballon !

Mais heureusement, son corps de cyborg était taillé dans le granit.

– *Approche... encore un peu... saloperie*...*

Une image vint lui noyer le cerveau : celle d'un requin gigantesque fonçant sur un homme qui tenait deux câbles de haute tension.

– Turan !

Le cri de Lya le ramena à lui. Les crocs du Cyclos se dressaient au-dessus de sa tête ; il suffisait que les mâchoires se referment, et elles lui broieraient tous les os d'un seul claquement, en réduisant sa chair en purée !

Usant de ses réflexes supersoniques, Turan planta les clefs de serrage sous les ouïes du Cyclos, dans les orifices cachés à la jointure des mâchoires. Il fit tourner les clefs à l'intérieur des trous, et le monstre s'immobilisa. Il avait cessé de fonctionner, comme un appareil débranché. Ce qu'il était, tout compte fait.

Blip !

Le Cyclos disparut, non sans libérer un point de vie. Turan, qui venait de se rétablir sur le sol, s'en empara... et s'écroula d'un bloc.

Lya et Joris l'aidèrent à se relever.

– C'était moins une, lui dit Lya.

– C'est... le moins... qu'on puisse dire, souffla Turan en réajustant son casque.

Il fallait urgemment qu'il utilise les points de vie du Cyclos pour alimenter son système interne. Avec les six qu'il avait en réserve, il retrouverait une santé quasi optimale.

N'empêche qu'il avait bien failli y passer. Ç'avait été juste, vraiment juste...

Est-ce que la présence de Lya ne l'avait pas poussé à prendre des risques inconsidérés, dans le seul but de l'impressionner ? Il n'aurait pas juré le contraire. Son comportement, depuis qu'il l'avait rencontrée, était de plus en plus illogique.

Après avoir enclenché le mode « régénération » de son système, il pointa du doigt une colline peu éloignée. Elle abritait plusieurs niches dans sa roche cuivrée.

– Ma grotte est là-dedans. On y sera dans deux minutes, si tout va b...

Le mot « bien » se coinça dans sa gorge, étouffé par la chose qui s'y enroulait comme un garrot. Turan venait de se faire attaquer par un Vert-jus – une de ces lianes mouvantes qui rampaient à vos pieds, dans l'ombre, pour vous sauter dessus. Dans l'autre monde, c'était peut-être un câble électrique enroulé autour d'un morceau de lierre, mais dans celui-ci, c'était une abomination capable d'asphyxier ses victimes en quelques secondes...

Glissant les doigts sous la liane, Turan tenta de la cisailler avec sa lame. Hélas, ce qu'il redoutait arriva : des dizaines d'autres lianes jaillirent du sol, sifflant dans l'air. Elles s'enroulèrent autour de sa tête, de son cou, de son torse, de ses bras et de ses jambes, l'emprisonnant. Sa régénération incomplète ne lui permettait pas de lutter : lorsqu'il sentit la pression s'accentuer sur sa trachée, il comprit qu'il allait être éliminé. Mourir.

Mais cette fois, la part fantasque de lui-même – une part qu'il ne connaissait pas – trouva le moyen de s'en amuser. Bon sang ! Après avoir échappé à l'attaque d'un scooter, il allait succomber aux assauts d'un câble électrique ! Il y avait de quoi rire. Et au fond, est-ce que ça ne valait pas mieux que de s'accrocher à cette existence stérile ?

Il tenta de se tourner vers Lya et Joris pour leur adresser un dernier adieu, leur dire qu'il avait essayé de les aider. Cela lui paraissait important, avant le *blip* ultime.

C'est alors qu'il vit Joris ouvrir la bouche comme pour avaler un énorme morceau de gâteau.

À cette vision saugrenue succéda le chaos.

Le halo lumineux tatoué autour des lèvres du spécial se mit à luire, puis à grésiller, jusqu'à ce qu'une puissante stridulation s'échappe de la gorge du spécial, comme une sirène d'alarme dévastatrice !

Ou comme un chant, pensa Turan. *Un chant de guerre.*

En un clin d'œil, le hurlement suramplifié de Joris avait atomisé tous les Vert-jus dans un rayon de cinquante mètres. Il n'en restait plus rien.

Une main sur sa trachée douloureuse, Turan considéra Joris de son œil valide. Le spécial avait refermé la bouche et lui souriait.

– C'est ce qui s'appelle *tuer à coups de décibels**, dit Turan.

Et il sourit à son tour (deux fois en une journée !). La réplique qu'il venait de prononcer émanait de l'ancien monde, il en était presque sûr. De cette époque où Turan était, selon Lya, *quelqu'un de bien*. C'était une pensée agréable.

*

* *

Ils tombèrent sur Aristide à un lieu et à un moment où ils ne pensaient plus croiser âme qui vive.

Des rencontres, ils en avaient fait plusieurs, durant leur traversée du désert. Combien de temps avaient-ils marché ainsi à travers des paysages invariablement semblables ? Six jours ? Six semaines ? La notion du temps était floue dans ce monde pixellisé.

En tout cas, ils avaient avancé sans relâche, ne s'arrêtant que la nuit, pour éviter les attaques de la Nature obscure et, occasionnellement, se régénérer.

Les spéciaux n'avaient pas besoin de points de vie pour réalimenter l'énergie vitale qu'ils dépensaient (même si leur élimination en rapportait quelques-uns à ceux qui les supprimaient). Il leur suffisait de se tenir immobiles pendant quelques heures, sans bouger, et elle affluait en eux comme une marée. Turan les imitait, se mettant d'une certaine manière « en veille ». Durant ces moments-là, ils se réfugiaient dans des abris de fortune, chacun se choisissant une place et regardant les autres en silence, sans bouger, jusqu'au lever du jour. Turan avait l'impression que ces heures mutiques, au cours desquelles son regard s'embuait à force de défier celui de Lya, le faisaient évoluer tout autant que les discussions qu'il avait avec la spéciale. Il commençait à goûter le repos bien mieux qu'il ne le faisait auparavant.

Quand ils ne trouvaient pas de refuges sur leur chemin, Turan creusait des cavités dans la roche, à coups de boost-punch, afin qu'ils puissent s'y glisser à la hâte. En général, cela leur permettait d'échapper aux assauts des monstres.

Mais certains les avaient tout de même repérés. Un Grésil, surgissant de derrière un rocher, s'était jeté sur eux en feulant, toutes griffes dehors ; il avait craché sur Lya un jet de flammes qui l'aurait brûlée vive si Joris ne l'avait détruit, *in extremis*, avec un hurlement sonique. Une nuée de Coptaris s'était ensuite abattue sur eux, les harcelant de piqures électrifiées jusqu'à ce que Turan réussisse à les ensevelir sous une avalanche de sable ferreux. Il y avait laissé ses skis, engloutis avec les insectoïdes.

Et puis, il y avait eu cet impressionnant Bulldoz qu'ils avaient vaincu de justesse, en unissant leurs forces : Turan bondissait autour du colosse pour distraire son attention, guidé par les indications télépathiques de Lya qui anticipait mentalement ses attaques, tandis que Joris s'écorchait le gosier en le pilonnant de rafales soniques. Les huskies n'avaient pas démérité, arrachant à pleine gueule des poignées de câbles dans les entrailles du monstre pour l'affaiblir. Maverick avait même dépensé ses derniers points de vie au cours de l'affrontement. Si Turan n'en avait pas puisé trois dans sa réserve pour les lui faire ingurgiter en urgence, il aurait été éliminé.

– Tu l'as sauvé de justesse, lui avait dit Lya.

– On a besoin de ce chien.

C'est ce qu'il avait répondu, mais c'était faux, et il le savait. Il avait secouru Maverick parce qu'il était désormais capable de comprendre que le monde n'aurait pas tout à fait été le même sans ce husky au pelage d'un blanc immaculé, remarquable par son courage. Turan se surprenait même à éprouver une sorte de court-circuit désagréable à l'idée de voir Maverick disparaître…

Les journées suivantes n'avaient guère été plus reposantes, car ils avaient plusieurs fois dû affronter des clans de cyborgs. Le dernier groupe aurait presque mérité le nom de horde : une trentaine d'hommes et de femmes bioniques, équipés de nombreuses armes et déterminés à les exterminer.

Mais Turan et les spéciaux avaient appris à fonctionner en équipe, et grâce à des manœuvres savamment orchestrées, ils étaient parvenus à vaincre leurs assaillants jusqu'au dernier.

Ou plutôt, jusqu'à l'avant-dernier : l'un des cyborgs s'était enfui. Turan avait voulu le poursuivre, mais Lya l'en avait dissuadé : elle venait d'apercevoir des sommets montagneux, à l'horizon. La caverne du Mage dément se trouvait quelque part au cœur de ces reliefs…

*

* *

Devant eux s'ouvrait l'entrée du labyrinthe… Les montagnes paraissaient fuser brusquement du sol, à partir d'une ligne tracée dans le sable, pour s'élever quasiment à la verticale. Les sommets, noirs et taillés en pointe, se perdaient dans des nuées verdâtres qui n'inspiraient pas confiance.

– Je comprends que le Mage dément se soit fait un abri dans ces montagnes, dit Turan. C'est vraiment un repaire de sorcier…

– À mon avis, c'est plutôt des sorcières que tu devrais te méfier, le taquina Lya.

C'est bien ce qu'elle avait fait : elle l'avait taquiné. Ces derniers jours, elle s'était employée à lui consacrer une curieuse pantomime de séduction. Qu'elle l'ait fait pour se convaincre qu'elle pouvait ressentir quelque chose ou parce qu'elle éprouvait réellement des bribes d'attirance pour lui n'avait, au fond, pas beaucoup d'importance. Elle s'adonnait avec entrain à cette pratique si incongrue dans le Royaume détraqué. Son frère Joris levait souvent les yeux au ciel en l'entendant asticoter le cyborg.

Quant à Turan, il était paralysé par le comportement de la spéciale. Il osait à peine risquer de temps à autre une allusion maladroite pour lui dire à quel point il la trouvait différente, singulière…

En définitive, l'attitude irrationnelle de Lya contribuait à le rendre encore un peu plus amoureux d'elle.

Amoureux. Il commençait à être amoureux ! Lui ! Il ne s'expliquait pas comment c'était possible, mais il était bien forcé de l'admettre. Tous ses capteurs le lui criaient, en déclenchant des séries d'alarmes pour signaler les *inquiétants dysfonctionnements internes* qu'ils constataient.

Faisant mine d'ignorer la dernière pique de Lya, Turan posa un pied sur la pente rocheuse.

– Au moins, on ne risque plus de mauvaises rencontres. Je doute qu'on croise des cyborgs par ici… Ça me semble compliqué de se bagarrer sur ces reliefs et, en plus, cette roche agit bizarrement sur les implants bioniques : je les entends vibrer partout dans mon corps, comme une sorte de migraine. C'est sacrément désagréable, et ça empire de seconde en seconde.

Lya leva les mains en coupe, et Turan se surprit à espérer qu'elle vienne les poser sur ses tempes pour le soulager. Peut-être, si elle l'avait fait, aurait-il pris ses mains dans les siennes, afin d'éprouver à nouveau l'étrange, le merveilleux pincement…

Mais c'est à cet instant qu'Aristide fit son apparition.

– Chère voyageuse, chers voyageurs, je vous souhaite le bonjour !

Une seconde plus tôt, il n'y avait rien qu'un pan de roche grimpant en pente raide devant eux. Et d'un coup, on voyait ce spécial, là, debout, qui leur adressait une révérence élégante et légèrement moqueuse.

Sa peau était d'un rouge écarlate très voyant. Il était élancé, vêtu d'un pardessus rapiécé et d'un pantalon bouffant trop grand pour lui. Et il portait un chapeau melon, pour couronner le tout ! Sa tenue contrastait avec les tuniques sobres de Lya et Joris, et plus encore avec l'équipement de Turan.

Ce spécial, ça ne faisait pas de doute, avait un goût prononcé pour le contraste.

Au fait, se dit soudain Turan, comment avaient-ils pu le rater ? Une peau pareille, ça se repérait à des kilomètres.

– Je vous observe depuis quelques heures, poursuivit le spécial avec un sourire futé.

Il leva un doigt devant son nez, qu'il avait long et pointu, et le tapota doucement.

– Je voulais prendre le temps de vous *flairer*, avant de me dévoiler à vos yeux ébahis.

Accentuant son sourire, il adressa un clin d'œil espiègle à Turan :

– Ou à votre œil ébahi, dans le cas de monsieur, qui a sûrement perdu le gauche dans une bagarre.

Turan se tourna vers Lya, pour lui demander la permission de cogner cet imbécile. Mais elle fit ce qu'elle faisait si souvent avec lui : elle le surprit.

– Tu te cachais ? demanda-t-elle au spécial.

– Tout juste, Auguste !

– Elle s'appelle *Lya*, dit Turan, pas Auguste.

– Calme-toi, tête de fer, répondit Lya. Il plaisante. Cher inconnu, autant faire les présentations, non ? Mon irascible ami s'appelle Turan. Mon mutique frère, ici présent, se nomme Joris. Et moi, c'est Lya. Je suis le cerveau de la bande.

– Parfait parfait. Moi, je me nomme Aristide. Pour vous servir, gente dame ! s'exclama le spécial écarlate dans une nouvelle révérence.

Turan émit un grésillement rauque. Il n'aimait pas trop ce type-là, qui enchaînait les plaisanteries comme si ça ne lui coûtait rien.

C'était curieux, cependant, de se dire qu'il pouvait *aimer* ou *ne pas aimer* un type. Dans le Royaume détraqué, on ne se posait pas ce genre de question. On ne…

Le contact d'une main attrapant la sienne le figea sur place.

C'était Lya. Elle le regardait. Elle le regardait avec une douceur telle qu'il eut l'impression de fondre jusque dans ses circuits… Il sentait son cœur battre partout sous sa peau, atténuant la douloureuse vibration qui perturbait ses capteurs.

– Je l'ai sondé par télépathie, chuchota-t-elle. On n'a rien à craindre de lui. Et je pense que vous vous entendrez à merveille.

– Comment ça ? répliqua Turan, interloqué. Qu'est-ce que tu…

Lya l'interrompit, non pas d'un geste, mais d'un rapide baiser qu'elle posa au coin de ses lèvres si peu habituées à embrasser.

Ce fut très efficace : le cyborg parut avoir été brusquement coulé dans un bloc de ciment.

Lya se retourna vers Aristide. Celui-ci ne paraissait même pas étonné d'avoir assisté à une chose aussi exceptionnelle qu'un baiser donné, dans ce désert, à un cyborg par une spéciale.

– Tu as entendu l'appel du Mage dément, n'est-ce pas ? lui lança-t-elle.

– J'en ai entendu parler, disons. En me faufilant au milieu des conversations, ici et là.

– Sans te faire éliminer ? demanda Lya.

Aristide s'étira avec une langueur étudiée, puis reprit :

– En effet. Mon pouvoir – un pouvoir que, par miracle, j'ai vite appris à maîtriser – consiste à ne me laisser voir...

Au mot « voir », on entendit un tintement clair, puis le spécial fut subitement soustrait aux regards de ses interlocuteurs ! Ils n'avaient plus en face d'eux que la masse rocheuse.

– ... *que quand je le désire*, acheva sa voix, qui flottait dans l'air tel un spectre.

Dans un tintement, il réapparut.

– Tu peux te rendre invisible ! s'écria Turan.

Aristide lui envoya un clin d'œil.

– Tu possèdes du discernement, pour une brute. C'est ce qui m'a plu dans votre trio : un cyborg qui escorte deux spéciaux, ça ne court pas les rues.

Il s'arrêta, songeur.

– À vrai dire, je pensais être le dernier de mon espèce. Mon pouvoir m'a permis de survivre, mais vous, mes amis bleu turquoise, comment vous êtes-vous débrouillés ? Aviez-vous ce sympathique cyber-gorille à vos côtés depuis le début des hostilités ?

Lya s'apprêtait à répondre, mais Aristide reprit :

– Baste, vous me raconterez ça en chemin ! Car nous faisons route ensemble, n'est-ce pas ? Les rumeurs que j'ai saisies au vol parlent d'une machine, est-ce que cela vous dit quelque chose ? Et d'une caverne, me semble-t-il. J'ignore où elle se trouve, mais peut-être avez-vous une idée… ou une carte, tiens ! Une carte, comme au temps d'autrefois, ce serait idéal ! Par moments, je me dis que cela fait partie des choses qui me manquent le plus *in novo*. Si l'on m'offrait de pouvoir regoûter à tous les plaisirs d'avant, je commencerais par plonger mon long nez dans une de ces cartes routières poussiéreuses. Vous savez, celles que les parents rangeaient dans ce qu'on appelait « la boîte à gants », entre leurs papiers et leurs paquets de cigarettes. Encore que je ne dirais pas non à un cocktail ou à une séance de bronzette à la plage, ou même…

Éberlué, Turan écouta Aristide aligner les élucubrations pendant un bon moment. Il savait que certains spéciaux parvenaient à faire remonter des grappes entières de souvenirs d'avant, mais celui-là semblait puiser dans sa mémoire comme dans une malle, à profusion et sans effort ; cela produisait un récit éblouissant aux oreilles bioniques du cyborg. Il écouta avec intensité, et puis il ne l'écouta plus, pour mieux le regarder parler de tout et de rien.

Surtout de rien.

Il comprit alors que c'était cela qu'il voulait, exactement ça : retrouver l'insouciance perdue, cette incroyable fantaisie qui – il le sentait, il en était presque certain, maintenant – avait puissamment existé en lui, et qui avait disparu en un lever de soleil artificiel.

Lya, encore une fois, avait eu raison : il allait s'entendre à merveille avec Aristide. Parce que ce spécial l'aiderait, par sa seule présence, par son bavardage si excessif, à renouer avec l'ancienne humanité dont il cherchait des traces.

Et tandis qu'il songeait aux jours qui l'attendaient comme à des jours indubitablement meilleurs, puisqu'ils allaient lui permettre d'apprendre et de progresser, Turan sentit la main de Lya serrer la sienne un peu plus fort.

DEUXIÈME PARTIE
HÉROS

PREMIER INTERLUDE
TERRAK LE RAVAGEUR

– Cette migraine me rend fou, marmonna Turan.

La sueur – une substance faite d'eau et d'un liquide comparable à de l'anti-rouille – ruisselait sous son casque.

D'une main secouée de vibrations, il flatta le dos d'Achab pour l'aider à grimper un gros rocher qui s'élevait au milieu du sentier. Le chien se cabra puis se détendit à la façon d'un ressort, même si le son qu'émirent ses muscles cybernétiques évoquait plutôt un piston mal graissé.

Turan, qui mettait un point d'honneur à se tenir plus à l'écoute de ses *sentiments* (si obscur que lui parût ce mot), s'aperçut que ce qu'il éprouvait pour ses deux chiens, en fait, s'apparentait à de la tendresse. Ils avaient mené tant de combats ensemble. La faiblesse dont Achab souffrait aux pattes lui venait d'une bataille durant laquelle il avait protégé son maître, et si le système de Maverick dysfonctionnait parfois, comme lors de la collision avec le Cyclos, c'était à cause d'un coup qu'il avait encaissé en s'interposant devant Turan.

À chacune de ces occasions, ils lui avaient sauvé la mise. Mais plus globalement, est-ce que ce n'était pas leur simple présence qui lui avait permis de tenir ? Peut-être qu'à chaque fois qu'ils étaient venus, l'air de rien, se caler sous ses mains métalliques, ils l'avaient un peu éloigné du gouffre de solitude dans lequel il aurait sombré sans eux…

– Tu sais, c'est peut-être un mal pour un bien !

La voix d'Aristide, qui s'était faufilé derrière lui sans qu'il l'entende venir, le fit sursauter. Cet énergumène avait le don d'apparaitre quand on s'y attendait le moins ! Et aussi, incidemment, lorsqu'on se trouvait dans un moment de fragilité.

– Quoi ? demanda Turan.

Il avait durci sa voix, manière de montrer qu'il n'était pas d'humeur à essuyer l'une des plaisanteries dont le spécial avait déjà pris l'habitude de le mitrailler, depuis qu'ils erraient dans l'interminable labyrinthe de ces montagnes. À chaque fois qu'ils gagnaient un col, ils en voyaient un autre se matérialiser, et tandis qu'ils commençaient à le gravir, ils se doutaient qu'un autre surgirait. Cela semblait sans fin.

– De quoi tu parles ? reprit Turan.

Aristide fit mine de se visser la tempe droite avec l'index.

– Tu as dit que ta migraine te rendait fou, et moi je réponds : « C'est peut-être un mal pour un bien ! » Car après tout, un petit grain de folie, c'est sans doute le seul élément qui te manque pour être… complet.

– Arrête tes bêtises, répliqua Turan.

Et il tourna le dos à Aristide pour attraper la lanière qu'Achab, perché au-dessus de lui sur le rocher, laissait pendre entre ses crocs.

Il tira dessus ; elle tiendrait bon. Le chien l'avait solidement arrimée à sa gueule d'acier.

– Grimpe, dit-il à Aristide.

Il lui confia la lanière. Derrière eux, Loris et Lya haletaient dans la montée. Comme Aristide restait immobile, gardant la lanière en main d'un air rêveur, Turan le pressa :

– Dépêche-toi !

– Dépêche-toi… de quoi ? demanda le spécial avec son irritant sourire futé.

– *Dépêche-toi de vivre ou dépêche-toi de mourir**, débita Turan comme dans un rêve éveillé.

Aussitôt ces mots prononcés, il cligna des yeux. Ces flashs énigmatiques l'avaient toujours laissé un peu flottant, mais avec cette maudite migraine qui s'aggravait sans cesse, c'était encore pire. Il avait l'impression que tout son système interne était en train de se démantibuler pièce par pièce.

– Intéressante maxime ! s'exclama Aristide en tirant sur la lanière.

Au moment d'entamer l'ascension du rocher, le spécial ajouta :

– Peut-être que tu l'as déjà en toi, bien caché dans la moelle de tes câbles, ce grain de folie !

Arrivé en haut du rocher, il roula dessus en un mouvement agile.

Turan ne dit rien. Parce qu'il ne savait pas quoi répondre à l'énergumène, et aussi parce que sa migraine l'empêchait de rassembler ses idées.

D'un certain côté, c'était bon signe : cela prouvait qu'ils approchaient de la caverne du Mage dément.

C'était Lya qui, alors qu'ils venaient de franchir un énième col, avait eu l'idée de se servir de la migraine de Turan comme d'un radar ; elle avait deviné que ses capteurs de cyborg ne faisaient que réagir aux émissions d'énergie produites par la machine du Mage. D'où ces vibrations aussi désagréables pour lui qu'utiles à l'équipe, puisqu'elles leur indiquaient la route à suivre. À partir du moment où il avait compris que ses souffrances avaient une fonction, Turan avait décidé qu'il pourrait les supporter. Comme les huskies ne paraissaient pas les ressentir, le salut du groupe reposait entièrement sur lui.

– Tu tiens le choc ?

Lya le regardait avec douceur. Et une nouvelle fois, de ce geste qui lui semblait si facile, elle prit sa main. Turan, en plein vertige, dut puiser dans un de ses points de vie pour répondre :

– Ça… Ça va aller. On y est presque. La migraine n'arrête pas de s'accentuer, les pulsations sont de plus en plus régulières. Et puis, je morfle pour une bonne raison… ça m'aide à endurer.

– Eh bien, tu seras peut-être le premier homme au monde à avoir une vague idée de ce qu'est un accouchement ! souffla-t-elle.

– Hein ?

– Rien, ne t'en fais pas. Je te taquine. Je ne sais même pas vraiment de quoi je parle ; c'est sorti tout seul de mon bizarre petit cerveau.

Elle laissa glisser son autre main sur la nuque de Turan qui, pour une seconde, eut l'impression que sa migraine s'estompait. Pas de doute, cette spéciale était une sorcière. Une stupéfiante sorcière, qu'il aurait voulu avoir le courage de…

– Méfie-toi de tes pensées avec une télépathe, lui dit-elle en désignant la gemme sur son front.

Il tenta de sourire, mais il n'en avait pas la force : il devait mobiliser toutes ses ressources pour résister aux vibrations.

– Allons-y, murmura-t-il.

Il fit signe à Joris d'avancer. Désavantagé par sa petite taille, celui-ci dut prendre appui sur le dos de

Maverick pour se hisser sur le rocher. Turan se tourna vers Lya, mais elle refusa la main qu'il lui tendait ; elle n'avait pas besoin d'aide.

Tandis qu'elle grimpait, Turan lui demanda :

– Tu crois... que je suis... incomplet ?

Prononcer ces mots lui avait coûté : il chancelait sous l'effort, assailli par les pulsations croissantes de sa migraine. Mais il devait savoir.

– Incomplet ? s'étonna Lya, cramponnée à la lanière.

– Aristide... dit que... je le suis. Incomplet.

Au lieu de répondre, Lya plissa les yeux. La lueur sur sa gemme rubis s'intensifia, et Turan entendit la voix de la jeune femme résonner dans sa tête :

C'est peut-être vrai, tête de fer. Mais le simple fait que tu te poses la question me laisse croire que tu pourrais bien ne pas l'être.

Puis elle se rétablit en haut du rocher, avec les autres.

Aussitôt, Turan s'agrippa à la lanière. Il était pressé de les rejoindre.

*

* *

Si ses capteurs n'avaient pas été parasités par les vibrations qui martelaient son corps de façon ininterrompue, Turan aurait peut-être repéré les cyborgs avant qu'ils ne donnent l'assaut.

Mais aurait-il été assez rapide pour intercepter la flèche qui fusa sur eux ?

Nul ne pourrait l'affirmer. Il ne saurait jamais s'il aurait pu sauver Maverick.

Lorsque la flèche lui traversa le cou, le chien parut tomber en arrêt, comme un jouet mécanique arrivé au bout de son ressort. Pourtant, le regard qu'il jeta à son maître en s'effondrant – ce regard simulé par des billes à infrarouge – était indéniablement celui d'un animal. Un animal terrifié à l'idée de quitter le monde.

Turan poussa un cri de rage en entendant le *blip* moqueur qui accompagna l'élimination de son chien. Le temps d'un battement de cils, il ne restait plus rien du magnifique pelage blanc de Maverick, rien de ses oreilles dressées en pointe, rien de son courage. Il avait disparu de la surface de la terre. Et Turan sut, pour la première fois depuis la Cyberpocalypse, ce que signifiait la perte d'un être cher.

Cependant, la machine de guerre en lui conservait ses réflexes : il suffit d'un autre battement de cils pour qu'il se ressaisisse. Sa main gauche rafla le point de vie libéré par Maverick pendant que l'autre pointait la terrasse rocheuse d'où la flèche était partie.

– À couvert ! dit-il avant de plonger au sol.

Il avait à peine émis l'ordre qu'une pluie de flèches s'abattait sur eux, ricochant sur la roche avec de brefs tintements métalliques. Par chance, les trois spéciaux et Achab avaient eu le temps de s'abriter derrière une imposante stalagmite.

Roulant sur le dos, Turan fouilla sous sa cotte de mailles pour en sortir sa longue-vue. Il se cala entre deux rochers, à l'abri des tirs qui ne faiblissaient pas, et la braqua sur la terrasse.

– *Ceci est votre vie, et ça se termine minute après minute**...

La réplique surgie des limbes lui arracha un rictus de satisfaction : la machine restait aux commandes, mais l'humain cherchait toujours à faire une percée.

Dans le viseur de sa longue-vue, il aperçut une petite armée de cyborgs qui s'était rassemblée pour les attaquer. Ils formaient deux lignes. La deuxième ne lui était pas visible, mais sur la première, il dénombra une vingtaine de guerriers et de guerrières, un genou à terre, qui leur tiraient dessus avec des arcs et des arbalètes.

Parmi ceux-ci, Turan reconnut le cyborg qui leur avait échappé avant qu'ils ne s'aventurent dans les montagnes.

Il jura entre ses dents. S'il l'avait achevé, ils n'en seraient pas là. Pourquoi avait-il fallu que Lya…

Bon. Tant pis.

L'unique question qu'il fallait se poser était : *pourquoi ?* Pourquoi se retrouvaient-ils avec une armée de cyborgs venus les traquer jusqu'ici, au cœur de ces montagnes ? Les quelques points de vie qu'ils rapporteraient ne valaient pas les efforts qu'avait dû coûter cette excursion à leurs poursuivants. Surtout avec les vibrations qui devaient les mettre à la torture, eux aussi… À moins qu'ils ne veuillent faire obstacle à leur quête ? Mais dans quel but ?

Intrigué, il jeta un coup d'œil à ses compagnons recroquevillés derrière la stalagmite. Joris leva le pouce pour le rassurer.

Turan reprit sa longue-vue. Aucun doute, les assaillants étaient aussi sensibles que lui aux vibrations émises par la machine. Certains portaient la main à leur crâne entre deux salves de tirs, d'autres vibraient comme s'ils allaient exploser. Tous avaient le nez et les oreilles barbouillés de cette huile rougeâtre qui tenait lieu de sang aux cyborgs.

Par réflexe, Turan se toucha le menton : il en était couvert.

Un cyborg qui saignait, c'était très mauvais signe : cela prouvait que son système se détériorait à toute allure. Si les vibrations persistaient, tous les cyborgs qui se trouvaient dans les parages allaient bientôt être éliminés.

Turan songea alors à une chose : si cela arrivait, ce ne serait pas une bonne nouvelle pour lui, mais cela pourrait bien faire les affaires des trois spéciaux. Car ainsi, ils auraient le champ libre.

Il fallait peut-être en prendre son parti. La seule issue à cette embuscade était donc la patience... Il suffisait de rester planqué derrière les rochers, en attendant que les assaillants disjonctent ou tombent à court d'énergie. À un moment ou un autre, les crânes de tous les cyborgs ici présents finiraient par éclater sous la pression des vibrations. Y compris le sien.

Mais au moins, il aurait réussi. Lya, Joris et Aristide pourraient gagner la caverne, qui ne se trouvait *a priori* qu'à quelques lacets de là. Ils pourraient rejoindre le Mage dément et sa maudite machine. En espérant qu'elle existe. Et en espérant qu'elle fonctionne...

En tout cas, c'était un plan cohérent.

Une énième flèche vint rebondir sur la roche au-dessus de son casque, puis les tirs s'arrêtèrent.

– Turan ? lui chuchota Lya depuis son abri.

– Je vais... voir... ce qui se passe, répondit-il péniblement.

Il connecta la longue-vue à son œil valide.

La première étape du « plan » était bien entamée. Les tireurs titubaient et rampaient au sol avec des tressautements, poussaient des hurlements discordants de leurs voix robotiques, vomissaient des litres d'anti-rouille. Plusieurs d'entre eux tombèrent en arrêt dans une ultime décharge électrique, avant de libérer leurs points de vie. *Blip ! Blip ! Blip !*

Turan n'en était guère étonné : s'il avait réussi à survivre seul lors des Premiers Jours d'Empoigne, c'est bien parce qu'il était l'un des cyborgs les plus endurants du Royaume détraqué, ce qui n'était visiblement pas le cas de cette bande de seconds couteaux...

À l'exception de trois d'entre eux.

C'étaient les combattants de la deuxième ligne, ceux que Turan n'avait pas réussi à distinguer. Les chefs de la petite armée.

Maintenant que ces trois-là s'avançaient vers le bord de la terrasse, piétinant les corps des agonisants et récoltant les points de vie des éliminés, il les voyait avec netteté.

Et ce qu'il voyait n'avait rien de réjouissant.

Un vrai trio de super-vilains.

Au centre, le Big Boss. Il portait un antique casque de viking et, comme pour prouver la confiance qu'il avait dans sa supériorité physique, se pavanait torse nu, sans protection, exhibant les innombrables implants incrustés dans sa chair. Il brandissait un sabre à la lame recourbée qui, d'après sa couleur, avait dû trancher bon nombre de gorges. Dans un flash, Turan imagina ce cyborg en train d'assommer un chameau d'un coup de poing*. Il était impressionnant.

Et pourtant, le combattant qui se tenait à sa droite l'était encore plus. L'énorme gourdin hérissé de clous qu'il tenait d'une main évoquait ces poteaux électriques qui, dans le monde d'avant, servaient de perchoir aux oiseaux. Le colosse se mouvait lentement, arrachant ses membres à la terre avec lourdeur et provoquant un microséisme à chaque pas ; on l'aurait cru fait de pierre. Ses bras, ses jambes, ses poignets étaient bardés de métal. Son casque, une sorte de heaume de forme conique, lui recouvrait entièrement le visage, comme…

Comme s'il s'était mis un seau sur la tête, conclut Turan. Ce genre de pensée fantasque ne lui serait jamais venue en temps normal, surtout pendant que l'assaillant approchait. Mais il voulut y voir la preuve qu'il faisait un pas de plus vers son humanité oubliée.

Après tout, ce guignol avait vraiment l'air de s'être mis un seau sur la tête ! C'était un costaud, mais il ne brillait sans doute pas par son intelligence. Ce serait une faille à exploiter quand ils en viendraient aux mains, ce qui allait arriver très vite, puisque le trio descendait de la terrasse.

Ils étaient incroyablement résistants aux vibrations. Plus que les autres cyborgs, qui avaient tous été annihilés... Et, malheureusement, plus résistants que lui, Turan. Il faiblissait à vue d'œil.

Tout en faisant signe à son équipe d'attendre ses ordres, Turan détailla le troisième combattant, qui marchait à la gauche du boss. Celui-là n'était pas aussi massif que les deux autres, mais il émanait de lui une terrible férocité. Sa façon de se déplacer, penché vers l'avant, lui donnait l'air d'un rapace. Plus impétueux encore que son maître, il ne portait pas de casque pour se protéger ; il arborait un simple masque de carnaval en tissu !

Mais ce masque représentait une tête de mort, et Turan ne doutait pas que ce combattant l'ait choisi avec soin. Il savait que certains cyborgs, pourtant moins forts que leurs adversaires, remportaient leurs batailles grâce à leur seule hargne ; le cyborg à la tête de mort était certainement de ceux-là.

De plus, il arborait un accessoire redoutable : des serres métalliques, longues et acérées, qui jaillissaient en trident de ses poignets.

Turan rengaina sa longue-vue et considéra la lame attachée à son propre avant-bras. Le combat promettait d'être rude, surtout si ces trois-là continuaient de résister aussi vaillamment aux vibrations… Elles le mettaient, lui, au supplice.

À vrai dire, étant donné la vitesse à laquelle ses points de vie déclinaient, il était même sûr de perdre l'affrontement. Cette migraine… Oh, cette migraine !

– Turan ? Ils arrivent ! Qu'est-ce qu'on fait ?

La voix télépathique de Lya vibrait en lui comme à travers un nuage de brume… Il se la figura, sans savoir pourquoi, de couleur verdâtre. Ses forces l'abandonnaient, et même ses pensées n'étaient plus…

– Turan ?

… ni cohérentes… ni… logiques…

– Turan ? Tu m'entends ?

Non, il n'entendait plus rien. Les vibrations hurlaient trop fort en lui. Dans un coin de son crâne, il s'efforça de convoquer l'image des trois cyborgs attaquant ses amis, mais cela ne suffit pas à le sortir de sa torpeur. Il n'était plus en possession de ses moyens. Il n'était plus lui-même.

Il n'était plus…

– Turan, réponds-moi !

– … complet.

Et il succomba, perdant pied dans les insondables douceurs de la brume verdâtre.

*

* *

Il rêva d'un dragon aux ailes déployées.

C'était une créature majestueuse. Elle possédait une puissance hors du commun, mais, curieusement, Turan ne la redoutait pas. Au contraire, il prenait plaisir à la voir décrire dans l'air de grands cercles en aspergeant les montagnes de jets de flammes. Il aurait pu la contempler pendant des siècles. Il lui sembla même, à un moment, l'entendre chanter pour lui. Un chant d'amour qui sonnait comme un cri d'adieu.

Merveilleuse créature... Elle l'avait conquis, elle avait percé son cœur d'une flèche.

Cette pensée éveilla une douleur si vive en lui qu'il fut éjecté de sa vision.

– Maverick !

Le cri qu'il avait poussé résonna dans tous ses capteurs comme un incendie qui aurait déclenché un système d'alarme. Tâtant le sol rocheux sous ses paumes de main, il comprit qu'il avait rêvé. Il s'était évanoui, et il avait rêvé. Ainsi, il en était donc capable...

Voilà une intéressante nouvelle, aurait dit Aristide.

Justement, il s'aperçut que le spécial écarlate était accroupi devant lui.

– Lya, Joris ! Il est vivant !

Les jumeaux accoururent, talonnés par Achab. Malgré la torpeur où il flottait, Turan nota la curieuse démarche de son chien. Il avait perdu une patte avant, sectionnée au genou. Sans réfléchir, il attrapa le husky, qui vint se blottir contre son cou.

Ils savourèrent un temps de silence, sans bouger, serrés l'un contre l'autre.

C'est seulement alors qu'il remarqua que les vibrations s'étaient arrêtées. Il n'en restait plus rien.

– Que s'est-il passé ? demanda-t-il à Lya, qui venait de lui prendre les mains.

– Un miracle, tête de fer.

Et elle lui offrit ce formidable sourire qui faisait fondre ses circuits.

– Raconte-moi tout, dit-il. Les cyborgs ?...

– Ils sont hors course.

Voyant qu'il s'agitait, elle s'empressa de continuer :

– Quand tu t'es évanoui, ils ont donné l'assaut. En guise de préambule, le chef nous a lancé son sabre... La lame a tournoyé vers nous, et elle aurait décapité mon frère si Achab ne l'avait pas interceptée. Il y a laissé sa patte, comme tu le vois.

Joris acquiesça d'un mouvement de tête si solennel qu'il produisit sur Turan un effet bizarrement comique – le spécial, en outre, arborait un gros hématome à l'œil droit. À ce qu'il semblait, le muet avait bien failli dire son dernier mot !

Sentant un absurde fou rire monter dans sa gorge – probablement un dysfonctionnement de son système endommagé par les vibrations –, Turan invita

Lya à poursuivre. Il garda sa main posée sur la tête d'Achab. Le husky fixait sur lui son œil cerné de noir, comme s'il était dérouté par les attentions de son maître.

– Et ensuite ?

– Ensuite, le viking s'est présenté : Terrak le Ravageur. Il n'arrêtait pas de hurler ça en nous fonçant dessus. « *Terrak le Ravageur !!* » Et l'autre, le mastodonte, répétait : « *R-r-rava-g-geur !* » Son logiciel vocal avait l'air de buguer.

– Comment vous vous en êtes sortis ? demanda Turan en essayant de s'asseoir.

– J'y arrive. Joris les a tenus à distance avec ses rafales soniques, mais le troisième, celui qui portait ce stupide masque de tête de mort, a réussi à se faufiler avec une série de sauts périlleux et d'acrobaties, et il a mis mon frère à terre d'un seul coup de pied.

Joris hocha de nouveau la tête, réactivant l'incompréhensible fou rire de Turan.

– Continue, grogna-t-il pour se contenir.

– On a cru qu'on était fichus. Mes assauts télépathiques ne faisaient que les ralentir, Achab était amputé et Aristide ne pouvait pas faire grand-chose, à part se rendre invisible pour leur jeter des pierres... Les deux sous-fifres lui ont donné la chasse, et le chef m'a attaquée. Tu sais que les cyborgs sont, normalement, dépourvus d'instinct sexuel...

Turan eut la sensation très nette de rougir – ce qui était évidemment impossible.

Je… Je ne suis pas habilité à… Mais en effet, logiquement, les cyborgs ne sont pas… Nous ne sommes pas…

– Quoi qu'il en soit, Terrak est une exception dans ce domaine, reprit Lya en ignorant son embarras. Je n'ai aucun doute sur ce qu'il comptait me faire.

Elle leva le menton, et Turan lut dans son regard une détermination à toute épreuve.

– Il y a une arme que je possède en tant que télépathe. Une arme très dangereuse. Je l'appelle « le court-circuit ». En me concentrant, je peux faire disjoncter les synapses d'un assaillant et lui griller le cerveau. Le problème, c'est qu'il y a de gros risques que je finisse lobotomisée, moi aussi… Mais quand j'ai vu ce salopard approcher, j'y étais résolue. Je t'ai adressé un adieu télépathique – je ne sais pas si tu l'as perçu – et je me suis concentrée.

– Et ?…

Lya marqua un temps d'arrêt, les yeux braqués vers le ciel.

– Et c'est là que le dragon est apparu.

– Le quoi ?!

– Le dragon. Il était immense, tout jaune. Et ce n'était pas une créature cybernétique, Turan, tu comprends ? Il n'avait pas d'implants, ni de carapace métallique. C'était un vrai dragon, comme dans les contes d'avant. Il a surgi dans le ciel et craché un jet de feu sur nos assaillants.

Turan se frotta le crâne, déboussolé. Un dragon, comme dans son rêve ?

Non, c'était inexplicable. Incohérent. Illogique !

C'était impossible, en fait. Ça n'avait pas le moindre sens.

Un dragon ?

Il prit encore une fois le temps de goûter le silence de ses capteurs – les vibrations s'étaient bel et bien interrompues – avant de demander :

– Tu es sûre de ce que tu as vu ?

– Joris et Aristide pourront te le confirmer. D'ailleurs, le point de vie que tu vois briller derrière moi a été libéré par le colossal sbire de Terrak quand le dragon l'a incendié. Il s'est transformé en torche humaine, et *blip !* Éliminé.

– Et les deux autres ?

– Ils se sont enfuis. Je n'ai jamais vu des cyborgs se déplacer aussi vite ! Leurs implants sont très performants… J'ai essayé de les pister par télépathie, mais ils m'ont semée. Et pendant ce temps, le dragon s'est éclipsé.

– Comme un mirage.

– Sauf que ce n'en était pas un. Il était *réel*, Turan ! C'était un dragon, et il nous a sauvés.

Pour toute réponse, Turan se contenta d'acquiescer. En réalité, il voulait bien croire à l'existence d'un dragon. Il voulait bien croire aux miracles. Le contact des mains de Lya dans les siennes, d'une certaine manière, tenait du miracle ; une magie à laquelle il n'aurait jamais cru pouvoir accéder dans ce désert stérile.

Alors, un dragon ? Pourquoi pas.

Et même : pouvait-il jurer que ce n'était pas lui, cyborg capable de rêve, voire d'amour, qui avait donné vie à cette créature légendaire ?

Pourquoi pas. Oui, pourquoi pas ?

On avait peut-être bien le droit de rêver.

1

LE RÉVEILLON DE NOËL

Samedi 24 décembre 2022,
le réveillon de Noël, soir à nul autre pareil.
Dans notre vieille bourgade, semblable à tant d'autres.

Douce nuit, sainte nuit.

À travers les fumeroles qui tournoient mollement autour de la dinde rôtie, je regarde mon frère. Lui aussi me regarde ; on s'envoie des coups d'œil furtifs par-dessus nos assiettes, au son des couverts qui s'entrechoquent sans joie et des propos automatiques de nos parents.

Et, juste comme ça, on se réchauffe l'un l'autre. Mieux qu'on a jamais su le faire avant.

Je crois que c'est lié à ce qui s'est passé hier au parc. Au souvenir de ce moment où on s'est tous sentis si forts. Si solidaires. Si connectés. Ce souvenir vibre encore en nous…

Effet indirect, ça me rend mélancolique. J'ai même l'impression que ça me pousse au lyrisme, ce qui n'est pas mon genre.

Mais c'est peut-être dû à la coupe de champagne que les parents nous ont autorisés à boire.

Ou plutôt, qu'ils nous ont poussés à ingurgiter.

– Allons les enfants, c'est Noël, on trinque !

– Vous n'allez pas rester enfermés dans vos chambres, c'est Noël !

Mon Dieu, comment ces gens peuvent-ils être autant attachés aux apparences, collés à la surface des choses comme des moustiques sur un parebrise… On forme tout sauf une famille, mais le soir du 24 décembre, il est indispensable de faire comme si ? Ou peut-être ont-ils juste peur que leurs patrons ne leur demandent des photos de leur réveillon ?

D'habitude, je me serais contentée de tremper les lèvres dans mon champagne. Mais cette soirée augurait de grandes révolutions pour l'irréprochable Maxine Vigier : j'ai siphonné la coupe et, profitant d'un instant de distraction de mes parents – pas trop difficile –, j'en ai sifflé deux autres à la volée. Mon frère m'a observée avec un sourire complice.

Une fois la bûche avalée et les cadeaux déballés (vinyles pour Max, bouquins pour moi), on est remontés dans nos chambres.

Les parents nous ont remplacés par leurs ordinateurs portables.

On y avait déjà passé la journée, dans nos chambres, et on comptait bien y séjourner pendant toutes les vacances.

Je dis « nos chambres », mais étant donné qu'elles communiquent et qu'on est toujours soit chez l'un, soit chez l'autre, on pourrait presque dire « notre chambre ». Imaginez un gros cerveau (je sais, je suis obsédée par les cerveaux) avec ses deux hémisphères ; l'hémisphère de gauche, c'est la chambre de mon frère, et celui de droite, c'est la mienne. Dans chacune, il y a un bureau, un lit, un mur tapissé d'étagères – livres chez moi, vinyles chez mon frère –, lesquelles encerclent un grand poster central – d'un côté Imagine Dragons, de l'autre Albert Einstein qui tire la langue. Nos petits mondes.

Ce soir, on s'est installés chez Maxime. Lui à son bureau, son casque sur les oreilles, son synthé adoré sur les genoux. Moi sur son lit, entourée de la muraille de bouquins que j'ai bâtie cet après-midi et dont je compte venir à bout en quelques jours.

– T'es pompette ? me lance Max, voyant que je galère à attraper mon livre.

« Pompette. » C'est drôle, ce mot dans sa bouche. Ça lui donne un air malicieux, taquin – encore une facette de mon frère que j'ignore... Mais au fond, tous les mots qu'il prononce sont étonnants, puisqu'ils sont si rares.

– Légèrement s-soûle, je réponds en ouvrant *Techniques d'animation* de Richard Williams, un pavé qui, d'après mes premières recherches, est considéré comme « la Bible » des passionnés d'animation.

Oui, ce sont là les briques qui composent ma muraille de livres, si je peux me permettre de filer cette métaphore inspirée par le champagne : des bouquins sur les techniques d'animation.

« Toute cette galère de logiciels de création auxquels personne ne comprend rien », comme l'a dit Jamal. Il a oublié de préciser que jusqu'à maintenant, je n'y comprenais rien non plus. Mais si j'ai un superpouvoir, c'est mon aptitude à absorber n'importe quel sujet.

J'ai donc employé la matinée de ce 24 décembre à fureter sur des forums de geeks de l'animation. D'abord pour m'approprier le lexique : *synopsis*, *moodboard*, *sketches*, *storyboard*, *vectorisation*, *images-clefs*, *montage*, *post-prod*.

Ensuite pour lister les livres qui font référence dans ce secteur. Après cela, j'ai filé à la bibliothèque, où j'ai emprunté le pavé de Richard Williams, ainsi que *Cartoon Animation* de Preston Blair, *The Illusion of Life: Disney Animation* de Frank Thomas et Ollie Johnston, *Timing for Animation* de John Halas, *Animated Storytelling* de Liz Blazer, et quelques autres bouquins avec le mot « animation » dans le titre.

– Tu te lances dans le cinéma, Maxine ? m'a demandé Mme Paula, la bibliothécaire, en bipant ma pile de livres.

Je suis connue comme le loup blanc, là-bas. Les adultes adorent les ados qui lisent, vous n'avez pas remarqué ?

– On peut dire ça. Je vais faire office de directrice technique pour un film d'animation qu'on réalise avec les copains. C'est pour le PCCC, vous savez ? Siméon est un pro du dessin, mais l'informatique lui donne des boutons, alors je veux me mettre à niveau pour l'aider à vectoriser ses planches.

– Eh bien ! Vous êtes pas croyables, tous les quatre ! s'est exclamée Paula.

J'ai haussé les épaules, parce que je ne voyais pas trop ce qui lui faisait dire ça. Il y avait d'autres ados, à la bibliothèque : un groupe de filles de ma classe assises autour d'une table, deux garçons qui traînaient au rayon BD, et puis, toute seule dans un coin, Cécilia. Assise par terre, le regard perdu à travers la baie vitrée. Elle avait un roman ouvert sur les genoux, qu'elle ne lisait pas. Elle rêvait, et j'ai noté le sourire sur son visage. Un sourire apaisé, arraché à son apparente noirceur dans un instant de répit.

– Tu as besoin d'autre chose ? m'a demandé Paula.

J'ai fait signe que non et j'ai filé, non sans avoir jeté un dernier coup d'œil, perplexe et bizarrement coupable, à Cécilia. Est-ce qu'il ne fallait pas que je lui parle, que j'essaie de comprendre comment une fille capable de rêver ainsi, assise par terre dans une bibliothèque, pouvait finir dans le Garage avec des ordures comme Nilton, Rayan et Mathias ?

Mais j'ai décidé que ça ne me regardait pas. De toute façon, j'étais trop occupée : dans ma tête, je recensais les logiciels de compositing qu'il fallait que j'achète ou que je cracke. *After Effect. Nuke. BlackMagic Fusion 16.* Peut-être *Blender*, qui avait l'avantage d'être en accès libre. *Harmony Toon Boom. Final Cut.* Et puis, au moins un logiciel de montage, *Avid*, par exemple. Penser à bien lire les manuels en entier, même si personne ne le fait jamais. Ou plutôt, parce que personne ne le fait, justement.

Ah, ne surtout pas oublier les logiciels de création sonore – *Ableton Live*, *Protools* –, mon frère n'étant pas beaucoup plus doué que Siméon face à un écran d'ordinateur.

Cela dit, il s'adapte vite. En relevant la tête, je m'aperçois qu'il est en train de créer un morceau avec son synthé sur *Protools*, que je lui ai installé tout à l'heure. J'entends quelques notes filtrer hors du casque, une mélodie à la fois douce et un peu flippante, comme une berceuse remixée dans une version hallucinée. Je lui demande :

– Tu composes ?

– Hmm-hmm, répond-il en pianotant sur le clavier. Pour le film.

Je souris. Évidemment, ce n'est pas parce qu'on s'est serrés une fois dans nos bras qu'il s'est transformé en moulin à paroles.

– Mais pourquoi tu fais ça ? On ne sait même pas quelle histoire Jamal va nous pondre !

Il s'interrompt, se tourne vers moi. Je le sens étonnamment calme, lui qui a tendance à devenir fébrile dès qu'il commence à créer de la musique.

– On sait que ce sera un univers SF, avec des cyborgs : ça me fait déjà une première piste. Et Jamal a parlé d'une plage de sable métallique, tu te souviens ? Eh ben…

Il se fige. Dans son regard, je lis une ahurissante conviction, quelque chose qui se joue au-delà de nous. Quelque chose qui *sait*, à l'intérieur de mon frère, ce qu'il faut dire. Quelque chose qui le précède.

– Eh ben, il suffit que je pense à cette plage de sable métallique, et le reste coule tout seul. Je n'ai qu'à fermer les yeux pour que la musique naisse. Ça se fait comme ça, malgré moi… J'arrive pas à l'expliquer.

– OK, je veux bien, mais il faudrait voir si ça colle avec le scénario de Jamal, non ? D'après ce que j'ai lu, l'équipe sonore ne doit réfléchir à la musique qu'après avoir lu le scénario, et…

– Ça collera, répond Maxime en se remettant au travail.

Ouh là, je dois vraiment être soûle. Mon frère, aussi sûr de lui ? Jamais vu ça.

Le plus curieux, c'est qu'à l'intérieur de moi, je ressens une confiance pareille à la sienne. Une même sérénité. La conviction profonde que ce film surgira sans accroc de notre équipe.

Bref, c'est à n'y rien comprendre. Et Dieu sait que je déteste ne pas comprendre.

Malgré mes réticences, je choisis de m'en remettre à Maxime ; il a l'air de savoir ce qu'il fait. Et je me replonge dans mes lectures.

*

* *

Siméon non plus ne comprend pas ce qui lui arrive.

Il est au restaurant avec son père : c'est leur tradition de fêter Noël à l'extérieur depuis la mort de la mère de Siméon, parce que l'appartement leur rappelle trop de souvenirs. Siméon écoute son père lui parler du peintre vénitien Lotto, « injustement méconnu » ; et il sent dans sa bouche le goût de la côte de bœuf qu'ils ont commandée pour deux, autre tradition, et sous ses doigts le tissu rêche de la nappe à carreaux ; et donc, il sait où il se trouve.

Mais en même temps, il est pleinement *ailleurs*. Sa tête fourmille d'images, de croquis, de dessins et même de toiles peintes. La « plage de sable métallique » de Jamal a donné naissance à mille visions. Un soleil rose comme une ampoule. Des monstres de métal, colossaux ou reptiliens. Des combattants dotés d'implants bioniques, machines de guerre à mi-chemin entre l'androïde et le gladiateur. Des mutants dont les peaux bleues ou rouges rutilent sur le papier glacé de ses songes. Un golfe montagneux qui semble jaillir d'une ligne tracée au sol, et qui abrite une caverne. Et dans cette caverne, une machine extraordinaire…

C'est notre film. Siméon ignore ce que ça racontera, mais il sait à quoi ça va ressembler.

Il s'aperçoit soudain qu'en ce soir de Noël, contrairement à tous les soirs de Noël qui ont eu lieu depuis la mort de sa mère, il ne se sent pas triste. Il y en a déjà eu six, puisqu'elle est décédée d'un cancer alors qu'il avait sept ans, pile la moitié de sa jeune vie. D'habitude, son père et lui passent une morne soirée, qu'ils comblent en discutant de dessin, quitte à ressasser des choses qu'ils se sont déjà dites. Comme la réhabilitation de Lotto, obsession paternelle.

D'habitude, Siméon joue le même jeu que lui, en parlant de ses mangas fétiches – *L'Attaque des titans* et *The Promised Neverland* –, parce qu'il n'a pas le choix, parce que c'est ça ou sentir les larmes l'étouffer ; or il refuse de se laisser étouffer par sa tristesse. Sa tristesse est une chose qui n'appartient qu'à lui. Il la protège comme un trésor.

En fait, Siméon vit du matin au soir avec cette douleur qu'il camoufle sous les vêtements de la dérision. Sa tristesse s'est habituée, elle aussi, à sa parure. Ainsi déguisée, elle l'accompagne partout, et Siméon en tire une certaine fierté, parce qu'il se dit qu'il a trouvé une façon de garder sa mère partout avec lui. Le soir de Noël plus que tout autre, il soigne sa douleur ; il s'emploie à lui faire un nid accueillant.

Mais ce soir, non. Ce réveillon-là est différent. Ce soir, Siméon n'a pas envie de se forcer à inventer des diversions pour s'empêcher de pleurer. Il n'a même pas envie de savourer les larmes intérieures qu'il verse en secret pour sa mère.

Ce soir, au lieu des larmes, Siméon sent bouillonner en lui une créativité qui ressemble furieusement à la vie, libérée des souffrances et des remords du passé. Il a follement hâte d'être dans sa chambre pour se mettre au travail. Il sait déjà qu'il va passer toutes les vacances à son bureau, à dessiner. Du matin au soir. Peu importe le scénario de Jamal : il *doit* écouter la voix qui crie en lui. Il doit suivre la voie des images.

Le plus beau dans tout ça, c'est que sa mère le regardera faire, et qu'elle sera fière.

*

* *

Jamal doit faire appel à toutes ses ressources pour ne pas montrer à sa famille qu'il meurt d'envie de s'enfermer dans sa chambre. Il trépigne à l'idée d'ouvrir le tiroir de son bureau, ce tiroir qu'il imagine, étrangement, empli d'une brume verdâtre sous laquelle se tapit son histoire. Notre histoire.

Il sent confusément que ce qu'il découvrira en relisant ses notes sera encore plus fort, encore plus éblouissant que les flashs qui le traversent par intermittences depuis hier. C'est même plus qu'une impression : c'est une certitude. Et enfin, il est convaincu qu'il lui suffira de les effleurer du regard, ces notes, pour que les mots explosent sur le papier.

Extérieur jour : une plaine désertique.

Un homme est assis en haut d'une dune. On s'aperçoit que les grains de sable qui la composent sont en métal, à leur façon de scintiller au soleil.

– Tu rêves ? lui lance sa mère en posant une main douce sur sa joue.

Il se reprend, parce que Jamal est Jamal, un garçon qui voudrait ne jamais blesser les siens, ni les décevoir.

– Excuse-moi, maman. Je pensais à un truc… mais je suis de retour !

Avec une joie exagérée, il déballe le cadeau que lui tend sa sœur.

– Je l'ai fait moi-même ! dit-elle.

– Alors il sera forcément magnifique.

Il le pense. Jamal adore sa famille, ce soir-là plus que tout autre, même s'il sent dans son ventre cette mordante envie d'être ailleurs, face à ses notes. À traduire en mots cette histoire qui lui semble plus importante que toutes celles qu'il a imaginées auparavant.

Non… pas « plus importante », rectifie-t-il en se tournant vers la fenêtre, où scintillent des milliers d'étoiles. Plus *vraie*.

C'est ça qui compte le plus quand on veut écrire une histoire : la vérité de ce qu'on ressent.

Tout à ses pensées, il sursaute : il aurait juré qu'une étoile vient de lui adresser un clin d'œil lumineux à travers la fenêtre du salon.

Puisque personne ne risque de se moquer de lui, il rend son clin d'œil à l'étoile, comme dans ce film des années 40 qu'il adore*. Bientôt, il pourra écrire.

Et dès le premier jour de la rentrée, il nous présentera le fruit de ses efforts… Il espère de tout son cœur que nous aimerons et comprendrons l'histoire qu'il sent naître en lui.

– *Pour comprendre, il suffit souvent d'écouter**, se chuchote-t-il sans se faire entendre.

Cette citation-là sort d'un film de Noël, alors Jamal se dit que c'est un signe. Ce sera à lui de se faire comprendre de nous. Il y arrivera. Étonnamment, il n'a pas de doute à ce sujet ; cette histoire *doit* exister, et elle existera.

Jamal sourit à son étoile. C'est une de ces nuits où il sent qu'il pourrait tout oser, tout se permettre. C'est une nuit délivrée de la peur d'échouer.

Douce nuit, sainte nuit.

2

M. MAGNARD

Lundi 2 janvier 2023,
dans notre toujours fidèle ville de province.

Les vacances ont filé comme un rêve. J'ai conscience de la banalité de la formule, mais en ce terne lundi de rentrée – un lundi couvert de nuages noirs et battu par une pluie cinglante, ainsi que le sont tous les lundis de rentrée depuis que le concept de rentrée existe –, je ne pourrais en trouver de meilleure…

Lorsque nous nous retrouvons devant le portail, tous les quatre, j'ai l'image aussi furtive qu'insolite d'un groupe de dormeurs arrachés à leurs songes et se croisant par hasard au milieu de la nuit, tout embrumés et titubants, en pyjama, dans la cuisine.

Les saluts et les « Bonne année ! » que nous nous adressons sont mous, distraits ; nos gestes s'effilochent dans l'air avec la buée de nos souffles.

En vérité, nous rêvons debout. Nous sommes là mais, d'une certaine manière, nous évoluons ailleurs, dans les créations qui nous ont occupés pendant ces deux semaines de vacances.

C'est Jamal qui s'éveille le premier. Il écarquille ses grands yeux bleu clair pour nous regarder, l'un après l'autre, comme s'il examinait nos faces usées par les nuits que nous avons enchaînées à travailler. Puis il cligne de l'œil gauche, adoptant une figure de pirate goguenard, pour désigner le monde qui nous entoure : ce portail sordide, les voitures qui s'arrêtent à la queue leu leu devant le collège, les collégiens amassés contre les murs ou posés par terre avec une fesse sur leur sac à dos, comme Nilton et Rayan, qui discutent côte à côte.

– Ah, mes agneaux ! *Vous savez ce que j'ai fait pour être ici ? Absolument rien... J'avais rien de mieux à faire** !

Et cette réplique – bien qu'on ne sache pas de quel film elle sort – nous réveille. Comme par un effet magique, ou à la rigueur, mécanique. Mon frère, qui ne s'est pas déridé depuis que nous avons quitté l'appartement, ose un sourire. Siméon fourre une main dans sa tignasse en émettant un gloussement ravi, comme s'il y était enfin autorisé. Et moi, j'enroule les bras autour de mon torse, ce torse maigre que je n'aime pas, et je secoue la tête à l'intention de mon ami, manière de lui dire qu'il est décidément un sacré phénomène.

Quant à lui, il est ragaillardi par nos réactions consécutives, comme si le fait de nous avoir stimulés achevait de le ranimer. Avec un sourire faraud, il désigne son sac :

– J'ai de la *bombe*, là-dedans. Tout le scénario du film. Vous n'allez pas en revenir !

Mais c'est lui qui n'en revient pas quand Siméon lui répond :

– Ça tombe bien, mon pote. Parce que, moi, j'ai tous les dessins.

La langue que tire Jamal vaut son pesant d'or ; on croirait le loup de Tex Avery découvrant que la pin-up s'est transformée en Droopy. Je suis aussi interloquée que lui, mais sa stupeur prend toute la place :

– Tu... Attends, tu *quoi* ?! Tu as tous les dessins ? Mais les dessins de quoi ?

Il n'est pas au bout de ses peines, car mon frère ajoute en toussotant dans son poing :

– J'ai toute la musique.

Voyant que Jamal est sur le point de se noyer, je lui tends une main secourable :

– Moi, je sais tout ce qu'il faut savoir sur la modélisation et le montage. Tu m'objecteras que, contrairement à nos amis, je n'avais pas besoin de ton scénario pour prendre de l'avance...

Au lieu de me sourire, Jamal fronce les sourcils. Il est encore trop dérouté pour se mettre en colère, mais ça ne va pas tarder. Le cinéma est une chose vitale à ses yeux, presque autant que l'amitié. C'est l'un des rares sujets à propos desquels il peut manquer d'humour.

Il se tourne vers Max et Siméon.

– Non mais sérieusement, les gars... Vous déconnez, hein ? Vous n'avez pas fait les dessins et la musique d'un film dont je ne vous ai même pas présenté le scénario ! Ce serait absurde, un gâchis d'énergie inimaginable...

Je m'apprête à rassurer Jamal, sans bien savoir ce que je vais pouvoir dire, quand mon frère me coupe l'herbe sous le pied :

– Fais-nous confiance, Jamal. *Tu nous fais confiance ?* Ce sont tes propres mots.

– Empruntés à Leonardo, précise Siméon.

– Bien sûr que je vous fais confiance, mais c'est pas la quest...

– Nous, on te suit toujours dans tes délires, le coupe Maxime. Cette fois, on a « pris de l'avance », comme dit ma sœur. Ça ne signifie pas qu'on ait fait n'importe quoi. Ma musique collera à ton histoire, j'en suis certain. Pareil pour les dessins de Siméon.

Jamal agite la main en signe de dénégation.

– Non, non. La musique, à la rigueur, on pourrait se débrouiller, mais les dessins ! Comment veux-tu que ça reflète le scénario que j'ai écrit ? Vous ne l'avez *même pas lu* ! C'est débile ! Ça me rend dingue que vous ayez fait ça !

– Et pourtant, intervient Siméon, tordant son grand nez dans une grimace songeuse, je suis d'accord avec Maxime. Je peux te certifier que tu vas adorer mes dessins. Mieux encore, même si je ne sais pas bien pourquoi, je sais qu'ils vont s'emboîter dans ton histoire comme… comme…

Il nous adresse un sourire. Sentant venir la vanne graveleuse, je m'empresse d'intervenir :

– Siméon.

– *Comme deux cuillères**, murmure alors mon frère.

Cette fois, Jamal a carrément l'air de dégringoler d'un immeuble.

– Depuis quand tu cites *Pulp Fiction*, toi ?

– Hé, moi aussi, j'aime les films de vieux ! répond Maxime avec un haussement d'épaules.

Je l'ai dit : mon frère ne se ressemble plus. Il émane de lui un tel calme, une telle force, que Jamal se contente d'acquiescer, sonné comme un boxeur touché par un uppercut.

Fidèle à ma nature conciliatrice, je reprends la parole :

– Le mieux, c'est qu'on juge sur pièces. On n'a qu'à se retrouver ce soir, après les cours.

– Ça va être compliqué, râle Jamal. Mes parents ne voudront pas que je rentre tard dès le premier jour…

– On n'a qu'à sécher les cours de l'aprem, je réponds. Une heure de perm et deux de techno, on s'en remettra, non ? Nos parents ne sont pas là, on peut aller chez nous.

Décidément, ce lundi de rentrée sera celui de toutes les surprises. J'ai provoqué une véritable stupéfaction au sein de notre équipe. Mes amis n'auraient jamais imaginé que je leur propose, moi, l'élève parfaite, de sécher des cours. Même de techno.

Et pourtant. Puisque Maxime paraît s'affirmer au-delà de ce qu'on aurait pu imaginer, puisque Siméon sort de sa manche des atouts insoupçonnés, il n'y a pas de raison que je ne change pas mes habitudes !

– Ben… OK, mes agneaux, décrète Jamal, perplexe mais résigné. On fait ça. Rendez-vous chez les jumeaux après déjeuner, alors.

Sur ce, on fonce en classe, parce que le portail est ouvert depuis une dizaine de minutes. Et que le premier cours de ce pluvieux et ébouriffant lundi de rentrée, c'est celui du redouté M. Magnard.

*

* *

Des centaines d'histoires atroces circulent à propos de M. Magnard.

La fois où il aurait forcé un garçon à manger tous les chewing-gums collés sous sa table jusqu'à ce que le malheureux finisse par vomir. La fois où il aurait enfermé un élève dans le placard au fond de la classe pendant un cours entier, en plein été.

Je ne sais pas si ces histoires sont vraies ou non. J'aurais plutôt tendance à penser qu'elles ne le sont pas, mais je suis persuadée d'une chose : elles sont nées de la terreur que ce prof nous inspire. Les élèves qui les ont inventées ont puisé leur inspiration dans le rougeoiement qui anime son regard à chaque fois qu'il s'apprête à commettre une méchanceté.

Un prof démon, oui, sans le moindre doute.

Il est difficile de lui donner un âge. Cinquante ans, peut-être, mais il pourrait être plus jeune. Il ne porte pas de pantalon en velours côtelé ni de veste à coudières, aucun de ces attributs un peu ridicules qui permettent de moins redouter les profs autoritaires. Non, il a même une forme d'élégance – on en a discuté, une fois, avec Jamal. Le plus souvent, il est vêtu de blanc ou de gris. Il est grand, assez large d'épaules, élancé des talons jusqu'aux cheveux, qu'il a très noirs et qu'il coiffe en arrière, au peigne. Un visage carré, fait comme un pâté de sable, avec le nez écrasé au milieu, les lèvres en boudins mal tracés dessous, une peau grêlée.

C'est un visage peu expressif, qui n'inspire pas la méfiance – qui n'inspire pas grand-chose. Mais les yeux incrustés dans ce visage, en revanche, ont le don de vous glacer. Peut-être que c'est dû à leur couleur, ce marron sanguin qui paraît toujours sur le point de se craqueler pour lui dégouliner sur les joues. Peut-être est-ce lié à un détail anodin, comme leur asymétrie légèrement plus prononcée qu'à la normale, ou encore ce petit retard qu'ils accusent parfois, tandis qu'il débite son cours d'une voix monocorde et qu'ils semblent, eux, flotter ailleurs, furetant pour mieux fondre sur leur proie…

Ce matin, la proie qu'ont choisie les yeux de M. Magnard est Cécilia.

– Écoutez-moi bien, mademoiselle Konieczny. Étant donné que nous sommes seulement – misère ! – le premier jour de cette rentrée d'hiver, je vais faire un effort pour conserver mon calme. Ce qui, je vous l'assure, n'a rien d'aisé.

M. Magnard est un des rares profs à ne pas écorcher le nom de famille de Cécilia. Je suis prête à parier qu'il s'est entraîné chez lui, devant son miroir, à le prononcer correctement. Mais dans sa bouche, avec cette façon qu'il a de cracher les consonnes, on dirait une injure. Ses yeux flamboient tandis qu'il se penche sur elle, et je note aussi que ses bras, qu'il tient collés le long du corps, frémissent.

Sous le feu de ce regard, Cécilia garde la tête baissée. Elle s'abrite derrière ses cheveux, qu'elle a teints en bleu pendant les vacances. Elle attend que ça se passe. C'est ce que font la plupart des élèves quand Magnard leur tombe dessus, mais je ne peux m'empêcher d'être surprise en voyant Cécilia adopter cette attitude. Je l'aurais crue plus rebelle…

Au fond, je ne la connais pas du tout.

– Le mot « mademoiselle » est encore toléré dans cette classe, à propos ? ajoute M. Magnard en nous prenant tous à partie. Non, je préfère demander, parce qu'à notre époque gangrénée par le *wokisme*, il vaut mieux être prudent !

Je remarque que Nilton et Rayan se marrent à la vanne du prof. Sales lèche-bottes. Mathias, lui, hausse les épaules avec ce qui semble être du mépris. Mais je serais bien en peine de dire si c'est le prof qu'il méprise, ou Cécilia, ou le monde entier.

– Bien ! Alors, si personne n'a d'objection lexicologique à m'opposer, je vous prierais donc, *mademoiselle* Konieczny, de bien vouloir vous souvenir que si vous êtes attendue chaque jour de la semaine au sein de ce respectable établissement, c'est pour étudier, et non pour exhiber vos… attributs mammaires.

En entendant ça, Nilton émet un rire de chacal prodigieusement agaçant. Et je me dis que, quand il sera adulte, ce garçon deviendra le même genre d'homme que M. Magnard. Vu sa moyenne générale, il ne travaillera sans doute pas dans l'enseignement, mais il occupera un poste qui lui permettra d'humilier ses subalternes.

Le prof, de son côté, soigne ses derniers coups. Je pense que son objectif est de faire pleurer cette fille. Le décolleté qu'elle porte – un de ses fameux crop-tops, au col tellement détendu qu'il lui descend sur une épaule – n'est qu'un prétexte pour parvenir à ce but. Il salive, ce pervers dégueulasse…

– J'ignore à quelle profession vous vous destinez, mademoiselle Konieczny, et je ne me risquerais pas à vous conseiller de suivre une voie scientifique ; ce serait du temps perdu. Or mon temps est précieux, puisque je dois l'employer à faire entrer quelques rudiments de sciences physiques dans des crânes aussi creux que le vôtre.

Il sourit au moment d'envoyer la pique finale, parce qu'il a vu les lèvres de Cécilia trembler. Il va réussir. Elle est sur le point de fondre en larmes.

– Mais ce que je peux vous affirmer, c'est que le métier de *pornstar*…

– N'est pas moins honorable qu'un autre, monsieur.

Un coup de tonnerre vient de frapper la classe. Tous les élèves sursautent au son de cette voix qui s'est élevée dans nos rangs.

Et j'ai sursauté encore un peu plus que les autres, parce que l'élève qui vient de parler, c'est mon voisin de pupitre : Jamal.

Ahurie, je tourne le visage vers lui. Il affiche une détermination à toute épreuve. Ses yeux sont fixés sur le prof ct, s'il tremble, il s'efforce de le cacher en calant ses avant-bras à plat, les coudes sur notre table, avec vaillance.

Jamal. *Un prince*, je pense.

M. Magnard délaisse Cécilia pour foncer sur lui. Ce garçon noir, et gros en plus de ça, qui a la folle témérité de braver son autorité. Il se réjouit à l'idée de l'anéantir.

– Vous avez dit quelque chose, monsieur Nissané ?

Il a fait siffler les « S » du nom de Jamal avec une ostensible satisfaction. Il n'en fera qu'une bouchée, de cet ado demeuré !

C'est ce qu'il pense, et je sais bien qu'il n'est pas le seul. Toute la classe attend, avec pitié ou bienveillance, d'assister à la mise à mort de mon ami.

La seule qui semble se désintéresser de son cas, c'est Cécilia. Elle regarde ses ongles peinturlurés de mauve avec une songeuse désinvolture, comme si la scène ne la concernait plus.

Ça alors.

Je ne la connais pas, soit, mais je n'aurais jamais cru ça d'elle. Quelle *connasse* ! Et c'est pour cette fille-là que mon Jamal va se faire écharper ?

– Je vous écoute, monsieur Nissané, insiste le prof. Ayez le courage de vos opinions…

À la surprise générale, Jamal a ce courage. Sans desserrer les coudes, pour ne pas laisser voir son tremblement, il répond :

– Ce que je disais, monsieur Magnard, se résume en un proverbe : *Il n'y a pas de sot métier*. Si un film pornographique est réalisé avec le consentement des comédiens, je ne pense pas qu'on puisse affirmer que ceux-ci exercent une profession moins honorable que, par exemple, celle d'enseignant.

– Vous… Comment osez-vous…

Il bout sur place, le prof. Ses mains se sont crispées contre ses hanches, s'ouvrant et se fermant comme des hélices pour broyer, déchirer, détruire.

Mais Jamal ne flanche pas. Bien qu'il ait déployé une belle dose d'énergie pour articuler sa réplique, il lui en reste encore un peu ; et c'est à son tour, cette fois, d'asséner le coup de grâce.

– Vous savez, monsieur, quand je pense à certains enseignants, je me dis qu'il y a au moins un lien entre ces deux professions : on peut très bien les exercer sans avoir de sentiments.

Ces derniers mots sont salués par un rugissement collectif. Un cri mêlant ébahissement et jubilation. Un cri dément, qui s'empare de nous tous et qui, d'un coup, nous délivre de la terreur que nous inspirait ce professeur.

Car c'est un fait : aujourd'hui, le monstre a été vaincu. Nous continuerons de lui obéir, certes, il continuera de nous harceler, mais nous ne le craindrons plus. Ni les générations qui nous suivront, parce que cette histoire-là rejoindra le panthéon de celles qui courent sur M. Magnard. Et elles les écrasera.

La fois où un gars a dit à Magnard que ses cours ne valaient pas mieux qu'un film porno.

Et c'est mon Jamal, mon Jamal qui subit depuis des années un harcèlement odieux, mon Jamal que la plupart des élèves considèrent comme « une victime », qui a accompli cet exploit !

À mes yeux, il a été héroïque, rien de moins.

Le moins que Cécilia devrait faire, c'est le remercier. Au lieu de ça, elle n'a pas un regard pour lui quand M. Magnard se met à hurler :

– Notez, monsieur Nissané : *Je ne joue pas les fortes têtes en cours de sciences physiques !* Vous me recopierez cette phrase cinq-cents fois, pour demain matin ! Il me semble que vous avez une heure de permanence après l'heure du déjeuner, n'est-ce pas ? Eh bien, vous savez à quoi vous allez l'employer !

Elle est nulle, cette punition. Elle manque d'imagination. Cela ne fait que confirmer ma conviction : Magnard est cuit. Nous ne le craindrons plus !

– Et puisque ce cirque paraît vous amuser, mademoiselle Vigier, vous me copierez la même phrase, cinq-cents fois aussi, pour demain matin.

Oups. Il semblerait qu'on lise un peu trop clairement sur mon visage.

Je m'en fiche : on a gagné. Il n'a même pas réussi à imaginer une punition différente de celle de Jamal ! Il est cuit, rôti, nous n'en avons fait qu'une bouchée. C'est mon ami qui a triomphé de ce monstre, et je veux bien endurer les coups à ses côtés.

Je serai toujours à ses côtés.

*

*   *

En sortant de la cantine, je chuchote à Siméon et Max, qui prennent la direction du portail, de nous attendre à la maison. Le surveillant est une vraie passoire, ils n'auront aucun problème pour s'esquiver. Jamal et moi, inversement, on doit aller en perm : M. Magnard est capable de venir s'assurer en personne qu'on bûche sur nos cinq-cents lignes.

– Dès qu'on a fini, on vous rejoint, OK ?

Siméon acquiesce, secouant sa gouffa dans un hochement de tête enthousiaste.

– Il a été incroyable, me dit-il en désignant Jamal qui marche devant.

– Incroyable, c'est le mot. À tout à l'heure !

Pendant qu'ils filent, je rejoins Jamal dans la salle de perm. Je prends place à côté de lui – il a déjà commencé à copier ses premières lignes. Je chuchote en sortant mon cahier :

– Ça va ?

– Ça va.

– Tu sais, tu as vraiment été…

– Elle n'a même pas réagi.

Je m'arrête, interloquée.

– Qui ?… Ah, tu veux dire Cécilia.

Jamal hausse les épaules en acquiesçant, mais sans cesser de copier ses lignes.

– Ben oui.

Et de la même façon que, tout à l'heure, ses mots ont provoqué en moi un torrent de joie, ce « Ben oui » plaintif me rend furieuse. Sûrement parce que je déteste voir mon ami s'infliger un chagrin pareil pour une fille qui n'en vaut pas la peine, et…

Non.

Qui est-ce que je crois tromper, à la fin ?

Ce n'est pas pour ça que je suis en colère. Ce n'est pas mon amitié pour Jamal qui est à l'origine de ce sentiment. Rien d'aussi noble.

Le seul sentiment qui soit en cause, c'est ma jalousie.

La vérité, c'est que je n'en peux plus d'être amoureuse de Jamal et qu'il s'en rende si peu compte, au point de me balancer chaque jour au visage le spectacle affligeant de sa passion non réciproque pour une pure et simple *connasse* ! Voilà, c'est dit.

– Elle n'en a rien à foutre de toi, Jamal. Elle a déjà un mec. Et même plusieurs.

Ce n'est pas moi qui parle, là. C'est ma jalousie. Elle sait très bien ce qu'elle doit dire, ma jalousie, pour faire souffrir mon ami, peut-être dans l'espoir vain de l'attirer dans mes filets. Elle est aussi vicieuse que M. Magnard, ma jalousie.

– Qu... Quoi ?

J'inspire. Je crache :

– Avant les vacances, j'ai vu Cécilia aller au Garage avec Mathias.

– Mathias ? Mais je croyais...

– Tu croyais qu'elle se tapait Rayan. Et tu ne savais pas qu'à cette époque, en plus de ça, elle sortait déjà en même temps avec Nilton.

– Hein ?!

– Je suis désolée. Elle a pas de face, cette fille.

Je n'en reviens pas d'avoir dit un truc pareil. De me retrouver à juger une fille que je ne connais pas, tout ça parce qu'elle fait quelque chose qui me choque – et surtout parce que je lui en veux d'être aimée par celui que j'aime en secret.

– Bon. Mieux vaut le savoir, je suppose.

La voix de Jamal me ramène à la salle de perm. Il s'est remis à copier ses lignes.

– C'est… C'est tout ? je chuchote.

Encore une fois, Jamal hausse les épaules tout en continuant d'écrire.

– Nan, c'est horrible. Ça me dévaste. Mais tu vois, je préfère aller de l'avant. Maintenant que je sais que Cécilia se tape ces trois enfoirés, je peux au moins me dire qu'on n'aurait rien eu à faire ensemble, elle et moi. Même si elle ne m'avait pas traité comme le dernier des clébards.

Je hoche la tête, sonnée à mon tour. Nous sommes tous en train de changer, ces temps-ci. De façon assez radicale.

On se remet à nos lignes.

Quelques minutes plus tard, Jamal relève la tête, un joli sourire éclairant son visage.

– En parlant de clébard, je t'ai pas dit ? Ma sœur en a eu un pour Noël. Un beagle.

– Ah oui ? je réponds, encore secouée.

– Ouais. Elle l'adore, mais c'est tout le temps moi qu'il vient voir pour obtenir des caresses. Il est couleur caramel, avec un œil cerné d'une tache blanche. Il s'appelle Dick, sauf qu'on l'a renommé Moby, pour la blague. Moby Dick, tu piges ? C'est aussi une référence à un musicien électro que mes parents adorent. Ce Moby, apparemment, il était connu pour son regard de chien battu. Eh ben, notre Moby à nous, il a des yeux tristes, mais alors, tristes ! Je te jure, ce chien, on croirait qu'il a perdu toute sa famille.

3
NOTRE HISTOIRE

Le même lundi 2 janvier 2023,
où d'autre que dans notre bonne vieille ville de
province ?

On s'installe dans ma chambre, parce que c'est un peu plus spacieux que chez Max et, surtout, mille fois mieux rangé. La plupart des garçons ont beau dire que le désordre ne les gêne pas, j'ai toujours constaté qu'ils préféraient poser leurs grands pieds sur un plancher qui n'est pas jonché de cannettes vides et de caleçons sales.

Chacun trouve sa place naturellement, sans y réfléchir. Je me mets à mon bureau, devant mon ordinateur, pour prendre des notes. Jamal accapare mon lit, dos au mur, son scénario sur les genoux, jambes croisées – avec cette touche de sans-gêne qui le caractérise, l'habitude des rois à qui on a tout accordé depuis la naissance. Heureusement que c'est un gentil, parce que sans ça, il aurait pu très mal se comporter !

Mon frère et Siméon, étonnamment complices, se sont accroupis à même le sol, épaule contre épaule. Comme pour faire front face au prince...

Tout ça donne une drôle d'ambiance. Faite d'impatience, d'excitation, mais aussi d'inquiétude, voire de méfiance.

Moi, je suis surtout curieuse de découvrir ce que Jamal nous a concocté, mais je sens bien que, pour Maxime et Siméon, il se joue autre chose. À cause de ces prétendues visions qu'ils ont eues, nées d'un simple bout de phrase prononcé par Jamal : la « plage de sable métallique ». Visions qui les ont poussés à produire, chacun dans sa discipline, une création complète. Et en ce qui concerne mon frère, je peux témoigner du fait qu'il y a été vraiment *poussé*, c'est indéniable.

Ils ont l'air d'y tenir, à leurs créations. Mais avec la meilleure volonté du monde, je ne vois pas du tout comment on pourrait les emboîter dans l'histoire que Jamal a écrite pendant les vacances... Or, il a quand même la priorité, en tant que scénariste.

Mes manuels sont formels là-dessus : dans un film, tout part du scénario. Ça signifie que Max et

Siméon devront faire des concessions et reconnaître qu'ils ont travaillé, peut-être pas pour rien, mais de manière prématurée. Il faudra qu'ils acceptent de revoir leur copie pour s'adapter à l'histoire de Jamal. En admettant, bien sûr, que son scénario vaille le coup.

Bref, la discussion promet d'être agitée.

– OK, mes agneaux. *Bouclez vos ceintures, la nuit va être mouvementée !**

Il a dit ça en souriant, mais ses yeux, eux, ne sourient pas. Ils mettent au défi, ils accusent. Et je peux lire dans ses pensées : Jamal espère bien qu'après avoir entendu son histoire, Siméon et Max vont lui présenter des excuses pour être partis en freestyle sur le projet au lieu de l'attendre. Vu qu'il est d'une nature conciliante, il sera même prêt à faire des ajustements pour conserver un ou deux dessins, quelques ambiances sonores, mais en aucun cas il ne reviendra sur son histoire. « Bouclez vos ceintures », ça signifie : la priorité est pour moi. C'est ce qu'il pense, et je pense qu'il a raison.

Je fais l'effort de sourire, contrairement à Siméon et Max qui restent stoïques. On dirait qu'ils ont décidé d'une stratégie commune, pendant qu'on était en perm. Qu'ils se sont dit : *Jusqu'à ce qu'il nous ait lu son histoire, on fait les morts*. Ça n'aide pas à détendre l'atmosphère.

Mais Jamal est Jamal : il ne fléchit pas. Avec un geste de moine copiste, il lèche son pouce et s'éclaircit la voix pour attaquer sa lecture.

Je note que Siméon sort son matériel, un grand carton à dessin écarlate, tandis que Max pose son synthé sur ses genoux. Leurs regards fixes, d'une extrême gravité, ne me rassurent pas.

– Je me lance, dit Jamal. Fermez les yeux et essayez de visualiser, d'acc ? C'est un scénar, pas un roman. L'idée n'est pas de faire de belles phrases, mais de susciter de belles images.

– D'acc, répond Siméon, avec ce qui me semble être un tremblement dans la voix.

Jamal inspire, et lit :

Extérieur jour : une plaine désertique.

Un homme est assis en haut d'une dune. On s'aperçoit que les grains de sable qui la composent sont en métal, à leur façon de scintiller au soleil. Ce soleil est d'un rose quasiment fluorescent.

On entend, au loin, le vent émettre un sifflement ininterrompu, en boucle.

Flatch.

C'est le bruit qu'émet la feuille de papier Canson en tombant sur le plancher, juste au pied de mon lit. Il me faut quelques secondes pour comprendre que Siméon vient de l'extirper de son carton à dessin pour la jeter devant nous, comme une provocation.

Nous nous penchons dessus... et nos yeux s'écarquillent. Le croquis de Siméon représente exactement ce que Jamal vient de décrire. Un homme, assis en haut d'une colline de sable métallique, qui goûte un instant de repos. Les grains de sable scintillent au soleil, comme dans le scénario. Plus étonnant encore, ce soleil est hachuré de rose fluo.

À vrai dire, je ne sais pas trop quoi penser de cette coïncidence... *Les grands esprits se rencontrent*, c'est ce que prétend la sagesse populaire, non ?

– Ça ne prouve rien, dit Jamal.

Mais la peur que je perçois dans sa voix me déroute. C'est à mon tour de réprimer un tremblement dans ma voix lorsque je chuchote :

– Continue de lire, Jamal.

Il acquiesce, mais à cet instant, j'entends le bourdonnement caractéristique du clavier de mon frère. Maxime presse deux notes, et je reconnais la mélodie dont j'avais perçu des bribes, le soir du Noël, celle qui m'avait fait l'effet d'une berceuse hallucinée. À présent, elle m'apparaît pour ce qu'elle est : une boucle, suraigüe, qui imite parfaitement le *sifflement ininterrompu du vent* dont parle le scénario de Jamal.

– Les gars, dit-il, si c'est une blague, c'est pas drôle. J'y tiens, moi, à mes histoires. Vous ne pouvez pas...

– Continue de lire, s'il te plaît, dit Maxime.

Jamal obtempère, et l'impensable se produit : à chaque fois que son scénario se dote d'un nouvel élément visuel, Siméon abat une planche qui le représente aussi fidèlement que possible. Et à chaque fois qu'un élément sonore figure dans les didascalies, Maxime appuie sur une touche de son synthé, faisant jaillir la musique ou le bruitage adéquats.

À mesure qu'il poursuit sa lecture, le plancher se recouvre de dessins. Un cyborg tout droit sorti de *Mad Max*, noir de peau, reconnaissable à sa musculature impressionnante, son casque de métal et son œil gauche traversé d'une cicatrice. Deux mutants à la peau bleue, un homme et une femme. Un monstre de métal à mi-chemin entre le taureau et la moissonneuse-batteuse. Des combats avec d'autres cyborgs vêtus comme le dénommé Turan, au cours desquels les deux mutants, Joris et Lya, font la démonstration de leurs pouvoirs. Et puis l'arrivée de ce troisième personnage, Aristide, à la peau rouge et au sourire éclatant, capable de se rendre invisible. Et puis le guet-apens dans les montagnes, et puis la caverne, et l'arrivée du Mage dément, et puis…

Et puis toutes les scènes, une à une.

Jusqu'au mot « fin ».

Jamal s'arrête, épuisé, après avoir prononcé les derniers mots de son scénario. Aussitôt, Siméon repose son carton – vide –, et Maxime va ranger son synthétiseur.

Et nous pouvons la voir, déployée en images devant nous. Notre histoire.

Je dis « notre », et non « leur », parce qu'il s'est produit quelque chose d'extraordinaire dans mon bizarre petit cerveau, à mesure que les garçons se livraient à leur manège. Dès que Jamal a commencé à lire le scénario, j'ai senti que je n'étais pas réellement en train de la découvrir, cette histoire : elle me *revenait*.

Et maintenant qu'elle est achevée, je sais que je l'avais déjà en moi. Entièrement, pleinement. De bout en bout.

C'est inexplicable. Incohérent. Illogique !

C'est impossible, en fait. Ça n'a pas le moindre sens.

Je relève la tête et constate que Jamal reste muet face aux deux autres, qui le regardent d'un air presque triomphant, comme pour dire : *Tu vois ? On te l'avait bien dit.*

Dans le même temps, ils ont l'air terrifiés. Leurs visages m'évoquent cette grimace que l'on fait quand on se penche au-dessus du vide.

Jamal, lui, est médusé. Plus surpris encore que moi, et surtout plus bouleversé. Parce qu'il était convaincu que cette histoire n'appartenait qu'à lui, alors que de mon côté, je ne m'attendais à rien de spécial…

– Vous me faites marcher.

Il a lâché ça sur un ton sans réplique. Son regard est passé de la stupeur à l'irritation.

– Allez, dites-le. Vous avez piraté mon ordi et vous avez bossé d'après mes notes, c'est ça ? Si c'est ça, je vous pardonne. Mais dites-moi la vérité, OK ? *Je veux la vérité !*

En proie à une panique croissante, il m'attrape par le coude.

– Tu les as aidés ? Max, je sais que tu es capable de pirater un ordinateur. Tu as eu accès à mes dossiers, et vous avez voulu… me faire une surprise ?

Une très longue seconde s'étire entre nous. Jamal hurle, à bout de nerfs :

– PUTAIN, répondez-moi !

Aucun d'entre nous ne sait quoi dire. Personne ne comprend rien à ce qui se passe ici, dans cette chambre, en ce terne lundi de rentrée qui, décidément, s'avère plus qu'ébouriffant.

Il faut pourtant que quelqu'un s'y colle, sans quoi – je le sens bien – c'en est fini de notre équipe. Jamal est tellement chamboulé qu'il est sur le point de craquer. Il a besoin, dans ce moment aussi détraqué qu'une machine qui se piquerait de devenir humaine, d'une explication logique. De rationnel.

Alors, c'est vers moi qu'il se tourne.

Si je n'écoutais que mon instinct, moi, je fondrais en larmes. Parce que *rien* ne peut expliquer ce qui s'est passé. Non seulement le fait que les garçons aient eu accès aux mêmes images mentales pour concevoir leurs créations, mais plus encore que moi, qui n'ai rien créé, j'aie éprouvé un tel sentiment de familiarité avec cette histoire. Comme si je l'avais gardée à l'abri dans mon cerveau, tel un dragon endormi attendant qu'un prince vienne le réveiller.

Sans parler des correspondances si nombreuses, et si évidentes, entre les personnages du scénario et notre groupe. Certes, Jamal est loin de posséder le corps de Turan ou moi d'avoir l'audace de Lya, mais on ne peut nier les similarités qui existent entre *eux* et *nous*.

Eux et nous.

C'est justement parce que mon instinct me crie que cette histoire est aussi vraie, aussi réelle que l'air que je respire, que je décide brusquement de refuser d'y croire.

Il y va, en un sens, de ma survie. Parce que je sens nettement que le seul fait de penser à ce phénomène impossible me brûle de l'intérieur. Un peu comme dans cette scène où Turan sent ses capteurs lui vriller le crâne…

Ce phénomène dépasse l'entendement, voilà. Jamal a pu l'appréhender par l'écriture, Siméon par le dessin et Maxime par la musique, mais ils n'ont pas eu à employer un biais rationnel pour s'en emparer. Ils ont, aveuglément, suivi leur instinct créateur.

Mais moi ! Moi, je n'ai aucune piste à suivre ; rien qu'un terrifiant labyrinthe où ma raison aurait vite fait de se perdre. En entraînant celle de mes amis, si je ne leur donne pas une réponse satisfaisante.

– Je n'ai pas piraté ton ordi, Jamal. C'est… autre chose.

– Mais *quoi*, alors ? implore Jamal.

Sur son visage, comme chez Maxime et Siméon, je lis une grande détresse. Alors je me jette dans le vide :

– Mon hypothèse, c'est que ce phénomène est lié à notre « câlin collectif ». Vous vous souvenez ? La veille de Noël, quand on s'est serrés les uns contre les autres ?

À voir leurs expressions interloquées, je me dis que je n'ai pas emprunté la voie la plus rassurante. Mais je m'accroche. Je crois savoir où je vais.

– Ça n'a rien de fantaisiste, ce que je veux vous dire. J'ai lu une théorie passionnante à ce sujet, dans *Science et Vie*. On appelle ça la morphogénétique.

– Ouh là ! Ça a l'air passionnant, gémit Siméon en mimant un bâillement.

Il en fait un peu trop, pour détendre l'ambiance. Ça m'arrange.

– Laisse-moi finir. L'idée, en gros, c'est que dans des circonstances particulières, et très rares, il peut se créer une sorte de « champ morphique » entre les individus, dans lequel circuleraient des éléments aussi divers que de l'énergie ou des informations. Vraiment, ça se produit dans des circonstances rarissimes. Il faut que ces individus soient… eh bien, hyper-connectés… par des forces puissantes comme peuvent l'être certains sentiments humains… Ils forment alors, pendant quelques secondes… un groupe homogène… un groupe dans lequel leurs singularités se confondent, voire s'annihilent… et donc…

Je m'empêtre, bien sûr, puisque j'improvise : je ne vais pas leur dire que ma prétendue théorie n'est absolument pas validée par la communauté scientifique, puisqu'il s'agit d'une vague croyance popularisée par les bandes dessinées ! D'ailleurs, c'est dans *Y : le dernier homme*, un comics du génial Brian K. Vaughan, que j'en ai entendu parler.

Mais ça, ils n'ont pas à le savoir.

– Pour faire court, je pense qu'on était tellement soudés, ce soir-là, tellement proches les uns des autres, que Jamal nous a… enfin, *vous* a « communiqué » son histoire. À l'origine, c'était bien un rêve, n'est-ce pas, Jamal ?

– Euh, oui… mais je ne vois pas…

– Mon explication est la seule possible. Tu avais ces images en toi, et tu les as transmises à Siméon et Maxime, qui les ont, euh… aspirées. Sans même s'en rendre compte. Et ensuite, chacun de votre côté, vous avez mis vos visions en forme. Sauf que, en fait, c'étaient les mêmes visions. Celles que le champ morphique avait générées. CQFD.

J'aurais aussi bien pu m'écrier : « Tadam ! » en tirant un lapin d'un chapeau.

Ils me regardent. Bouche ouverte, comme des enfants prêts à avaler n'importe quelle histoire tant qu'elle les empêchera de penser aux monstres qui dorment sous leur lit. Et je mesure à quel point, depuis tout à l'heure, mon frère et Siméon ont peur. C'est une chose d'être fier de sa création au point de lui vouer une confiance aveugle, c'en est une autre de constater qu'on a franchi les limites du réel. Si on commence à croire à ce genre de chose, où finira-t-on, sinon dans un hôpital psychiatrique ?

– Mais moi aussi, je l'ai fait, ce rêve ! s'écrie soudain mon frère.

OK. Les dernières résistances.

– Et moi aussi ! dit Siméon. Ça m'est revenu pendant que Jamal lisait le scénar. Tu ne comprends pas, Maxine ? *On a tous fait le même rêve !* C'est de là que sont venues nos visions, pas du « câlin collectif » !

Tu ne vas pas me dire que trois personnes qui font le même rêve en même temps, à la virgule près, ça peut s'expliquer scientifiquement ?

À cet instant, je sais que je pourrais tout faire basculer du côté de la magie. Il suffirait que je leur avoue que je suis moi aussi convaincue de l'avoir fait, ce rêve. Qu'il est bien à l'origine de cette histoire.

Une fois cela admis, il deviendrait clair que le câlin collectif n'a été qu'une occasion de puiser en nous-mêmes, de nous reconnecter à un souvenir enseveli, souvenir que Jamal a ranimé en prononçant ce drôle de sésame : « *Une plage de sable métallique…* »

Oui, je pourrais tout renverser, mais je ne vais pas le faire. Je ne veux pas et je ne peux pas. C'est une épreuve de trop pour mon bizarre petit cerveau, qui a tant besoin de raison.

Alors je décide de biaiser – autre manière de dire « mentir ».

– Vous *croyez* avoir fait ce rêve, mais c'est faux. C'est ce qu'on appelle le déjà-vu. Vous savez bien : le cerveau range un souvenir dans la mauvaise case, et il identifie un souvenir éloigné comme étant un souvenir proche, ou l'inverse. Nous sommes en présence d'un phénomène morphogénétique très rare, ça, je l'admets, mais il n'y a pas de magie là-dessous. Ce rêve, c'était celui de Jamal, et uniquement de Jamal.

Je souris pour conclure :

– En revanche, cette histoire est bien la nôtre. À vous et à moi. Et, ensemble, on va en tirer un film d'animation. Et vous savez quoi ? À mon avis, la seule vérité à retenir là-dedans, c'est que ça va donner une putain de bonne histoire.

J'ai fait exprès de placer un gros mot, pour déstabiliser mes amis. Ils n'ont pas l'habitude de m'entendre jurer, ça fait diversion. Et puis, au fond, ils ont trop envie de me croire. Ils ne veulent pas courir le risque de se griller le cerveau en le confrontant à un phénomène aussi incompréhensible.

– Vous êtes d'accord ? On tient un super film, non ?

Un à un, ils se dérident.

– Là-dessus, y a pas de doute, dit Jamal. *Je pense que ça pourrait bien être mon chef-d'œuvre* !*

Ouf. S'il se met à citer du Tarantino, c'est qu'il va mieux.

Je me tourne vers mon frère.

– D'accord avec vous, marmonne-t-il. J'ai hâte qu'on s'y mette.

Il ne reste plus que Siméon.

Je vois bien, à sa façon de garder les yeux braqués sur ses dessins – des dessins tirés de visions si fortes qu'il lui est difficile d'en nier la véracité – qu'il lutte pour *continuer à croire*. Croire qu'il s'agit bien de magie, d'un rêve qui était plus qu'un rêve. Croire que, dans un autre monde, nous sommes des héros, et qu'il en reste forcément quelque chose...

Malgré ses efforts, il finit pourtant par céder.

– Eh ben alors, à nous de jouer ! s'écrie-t-il.

Dans son regard, cependant, je devine que sa foi dans la magie n'est pas tout à fait éteinte. Une part de lui s'accroche encore ; celle qui est restée dans la caverne du Mage dément, logée à l'intérieur de sa machine extraordinaire.

Là où tout s'achève. Là où tout commence... tout !

DEUXIÈME INTERLUDE
LE MAGE DÉMENT

Il n'y avait rien.

Rien que de la roche, du vent et du silence. Ce qu'ils avaient pris pour l'entrée d'une caverne, en dévalant un énième pierrier aussi dangereux que les précédents, n'était en fait qu'un trou creusé dans la montagne, à peine assez large pour s'y loger. Peut-être qu'un reptiloïde en avait fait son abri. En tout cas, il n'était pas question d'entrer là-dedans. Une ouverture de cette taille ne pouvait pas donner accès à une grotte assez vaste pour contenir une machine capable de…

Mais quelle machine ? De quoi parlait-on, à la fin ? D'un mirage, voilà tout !

Debout face au mur de pierre qui s'élevait, moqueur, devant lui, Turan faisait le compte de ses désillusions. Il n'aurait jamais dû s'embarquer dans cette aventure. Il n'aurait jamais dû croire aux miracles. Il n'aurait jamais dû se croire autre chose que ce qu'il était.

– Tout ça pour ça, grogna-t-il.

Les spéciaux ne répondirent rien. Même Aristide garda le silence : ils avaient été victimes d'une sinistre farce, et aucun d'eux n'avait le cœur à rire. Ils se résignaient à attendre ici le *blip* ultime, à disparaître l'un après l'autre, dans ce désert de pierre qui avait bercé leurs espoirs pour finalement, comme tout le reste, les trahir.

Et puis, obéissant à ce qu'il aurait été forcé d'appeler un *instinct*, Turan eut soudain l'idée de plonger le bras dans le trou. Ce trou à peine assez large pour que l'on s'y faufile…

À sa grande surprise, le trou s'élargit autour de sa main en émettant des espèces de gargouillis. Et plus Turan avançait son bras dans l'obscurité de l'orifice, plus l'ouverture rocheuse gagnait en largeur et en profondeur, telle une porte d'ombre déterminée à emplir l'espace !

Quelques secondes plus tard, les quatre équipiers se trouvaient devant l'entrée d'une caverne. Une entrée haute de plusieurs dizaines de mètres…

– Soyez les bienvenus, jeunes gens !

La voix du Mage dément émergea des profondeurs de la caverne, telle une trouée de lumière perçant les ténèbres. Elle était d'une telle douceur, et d'une telle clarté, qu'elle fit à Turan l'effet d'un baume. Il sentit qu'elle avait produit la même impression sur tout le groupe, jusqu'à Achab qui se coucha docilement au sol, le museau calé entre les pattes.

L'écho d'un bruit de pas se fit entendre, et le Mage dément apparut sur le seuil.

Il était vêtu d'une tunique d'un brun orangé qui s'achevait par une capuche en pointe. Comme il l'avait rabattue sur son front, on ne pouvait que deviner le bas de son visage.

Après avoir contemplé ses visiteurs, le Mage leva les mains pour ôter sa capuche. Turan eut la vision fulgurante d'un homme habillé d'une tunique semblable, dans un désert de sable clair*, effectuant ce même geste pour dévoiler une trogne de vieillard sympathique.

C'est d'ailleurs à cause de ce flash parasite que Turan, lorsqu'il vit le visage du Mage dément, ne put se retenir de crier :

– Une femme ?!

Le Mage dément se contenta de hausser les épaules.

– Je n'ai jamais prétendu le contraire.

Et elle adressa à la troupe un sourire où l'on pouvait lire de la bienveillance, une vive intelligence et l'esquisse du sarcasme.

C'était une femme, en effet. On n'aurait pu la classer ni dans la catégorie des spéciaux ni dans celle des cyborgs ; elle ressemblait aux humains des temps d'avant. Sa peau était d'un noir plus clair que celle de Turan, ses cheveux blancs comme cette neige que l'on n'avait jamais vue tomber mais dont chacun, malgré tout, se faisait une image relativement nette.

Elle avait les pommettes hautes, un nez fort et des lèvres charnues, un beau visage couvert de rides, tout parcheminé, et des sourcils arqués en « V ». Ses membres n'étaient pas dotés d'implants bioniques, elle ne portait pas d'accessoire ou d'arme.

– Je n'ai jamais rien prétendu du tout, reprit-elle. D'autres se sont chargés de me créer une réputation ! C'est au moins une chose qui n'a pas changé par rapport au monde d'avant : les stupidités qu'on dit et qui, en dépit de la disparition de tous les moyens de communication technologiques, se propagent toujours aussi rapidement qu'un virus…

Turan tressaillit. Il avait formulé les mêmes mots, en pensée, à une époque qui lui semblait aujourd'hui très lointaine…

Lya lui adressa un court message télépathique : *Détends-toi, Turan.*

Le Mage dément – qui n'était donc pas un homme, et ne semblait pas spécialement frappé de démence – dégaina un sourire.

– Oui, mon ami, détends-toi. Après tout, vous touchez au but de votre quête… L'heure est à l'espoir, non à la peur ! Excusez-moi pour le petit trompe-l'œil dont vous avez été victimes. J'ai récemment bricolé un brouilleur optique qui empêche les intrus de repérer l'entrée de ma caverne. Vous l'aurez compris, la technologie est mon domaine de prédilection.

– Et vous lisez dans les pensées, aussi ? demanda Turan d'un ton brusque.

Loin de s'offusquer, le Mage répondit par un rire. Un rire encore plus séduisant que celui de Lya, car il chantait à plein volume, mélodieux et fragile, entièrement gorgé de ces émotions du temps d'avant dont les néo-humains n'avaient qu'une vague idée.

– Moi, une télépathe ? répondit-elle. Oh, pas du tout ! J'ai seulement un certain sens de la psychologie. Mais je ne suis qu'une banale humaine.

Elle envoya un clin d'œil à Aristide, qui ouvrait une bouche en « O », comme une grenouille.

– Je sais bien : être humain est la plus haute forme d'originalité, de nos jours. Il semblerait que je sois une exception dans le Royaume détraqué !

Lya et Joris s'avancèrent d'un même pas. Ils contemplaient, fascinés, l'objet de leurs rêves, la consécration de leur quête. C'étaient eux qui avaient initié ce voyage, ils avaient voulu croire qu'il menait quelque part et, à ce qu'il semblait, ils avaient eu raison. Ils étaient récompensés par cette rencontre, devant la caverne où tout allait peut-être changer.

– Entrons dans mon refuge, leur dit le Mage. Nous allons voir si, tous ensemble, nous ne trouvons pas le moyen de changer l'exception en règle commune !

Sur ces mots, elle retourna dans l'obscurité épaisse de la caverne.

Turan interrogea Lya du regard. Celle-ci hocha la tête d'un air résolu. Puis elle consulta Joris, qui répondit par le même acquiescement déterminé.

Enfin, Turan et les jumeaux se tournèrent vers Aristide. Le spécial se tenait immobile, un coude planté dans une main, l'autre fourrageant sous son chapeau melon. Il affichait une expression éberluée et ravie... Il ouvrit les bras dans un geste théâtral.

– Je ne sais pas vous, mais moi, je la suivrais jusqu'en enfer, cette femme-là !

Et il s'élança dans la grotte. Lya et Joris, escortés par Achab, lui emboîtèrent le pas.

Turan resta en retrait. Il venait d'avoir une nouvelle vision, celle d'un aventurier levant un pied au-dessus du vide, dans une grotte qui aurait pu être le refuge du Mage dément*.

L'aventurier laissait son pied flotter en l'air pendant de longues secondes, s'apprêtant à faire un pas qui ne pouvait que le précipiter dans l'abime... Et puis, au moment où il allait chuter, il se rétablissait sur un pont invisible mais tout à fait solide.

En rouvrant les yeux, Turan eut le sentiment d'avoir lui-même posé le pied sur un sol tout à fait solide, maintenant qu'il acceptait de le *voir*. Un chemin s'ouvrait devant ses yeux, n'attendant de lui qu'une chose : qu'il aille à la rencontre de son destin.

Il réajusta son casque sur son crâne et entra dans la caverne.

*

*   *

– Les premiers temps, j'ai cru que j'allais mourir. Mourir de faim et de soif.

Assis sur des blocs rocheux disposés autour d'une pierre plate qui faisait office de table, les visiteurs écoutaient parler le Mage. Elle trônait face à eux sur un siège sculpté dans une grosse souche de bois sombre.

Ils se trouvaient dans une salle gigantesque, où le regard se perdait dans les ténèbres dès qu'il s'aventurait à en fouiller les hauteurs. D'étranges formations rocheuses, évoquant des champignons pétrifiés, avaient poussé çà et là, et des stalactites pendaient de partout.

Et puis, en arrière-plan, les surplombant de sa masse, il y avait la machine. Elle était faite d'un métal clair qui luisait dans l'obscurité, juste assez pour que l'on discerne un impressionnant agrégat de composants électroniques, de squelettes d'ordinateurs, de circuits intégrés, de batteries, de tubes et de pistons, de moteurs, de plaques de tôle, d'amplificateurs et d'écrans reliés par d'innombrables câbles, fils électriques et tuyaux qui se déployaient ainsi que des tentacules. Au centre de la « pieuvre » se trouvait une large cabine vitrée. Elle semblait pouvoir accueillir une dizaine de personnes.

Mais qu'est-ce qu'elles iraient y faire ? se demanda Turan. Il se sentit perturbé par la vision d'un homme ressortant, nu, d'une cabine d'où émanait un intense halo vert* ; il secoua la tête pour chasser la vision comme une mouche agaçante.

À sa droite, Lya s'adressa au Mage.

– Vous avez donc besoin de… manger, et de boire ?

Le Mage leva les mains en signe d'impuissance.

– Et de dormir. Je vous l'ai dit : je ne suis qu'une humaine. Une exception à la règle. Lorsque j'ai rouvert les yeux sur ce nouveau monde, en ce lieu, je l'ai tout de suite compris. J'ignorais pourquoi le techno-virus ne m'avait pas « réincarnée », mais j'ai senti que mon cas était singulier.

Aristide joignit les index sous le menton.

– Si vous vous êtes éveillée dans cette grotte, vous n'avez pas dû avoir l'occasion de rencontrer beaucoup de néo-humains. Vous n'avez pas assisté aux Premiers Jours d'Empoigne. Comment avez-vous pu deviner que vous étiez différente du reste du monde alors que, pour ce que vous en saviez, vous étiez peut-être la seule survivante de la Cyberpocalypse ?

Le Mage sourit.

– Tu ne manques pas de finesse, mon ami. Je me suis éveillée avec un savoir inconscient. Instinctif, peut-être ? C'est difficile à expliquer. Pourtant, je t'assure que je savais, lorsque j'ai entamé ma nouvelle existence, que des combats meurtriers se déroulaient à l'autre bout du désert. Je savais que certains néo-humains, comme toi, étaient doués de pouvoirs – même si la plupart ne les maîtrisaient pas –, et que d'autres, comme notre ami Turan, tenaient plutôt de l'androïde. Et je savais que je ne pourrais rien faire tant que je ne mettrais pas la main sur la clef.

– La clef de quoi ?

– C'est une métaphore, Turan. Je parle de la solution du jeu.

Elle ferma les yeux, fronçant les sourcils.

– Cela m'a demandé tellement de temps. Et ce temps a coûté tellement de vies...

– Ce que vous avez dû trouver en premier, intervint Lya, c'est un moyen de vous alimenter.

Le Mage acquiesça.

– Effectivement. Vous n'y avez sans doute pas prêté attention, parce que vos instincts humains sont trop profondément enfouis en vous, mais dans ce monde, il n'y a pas d'arbres, pas de plantes, ni d'eau. Quant aux animaux, ce sont tous des créatures cybernétiques. Pour un humain banal, il n'y a rien à se mettre sous la dent !

– Alors ? demanda Turan, qui commençait à s'impatienter.

– Alors, mon ami, j'ai heureusement deviné que, si la nature n'avait rien à me fournir, les responsables de la Cyberpocalypse avaient veillé à mes besoins.

Le Mage inspira avant de reprendre.

– J'ai formulé l'hypothèse suivante : les apprentis sorciers qui ont créé ce techno-virus étaient certainement des adultes fort compétents dans leur domaine informatique, mais en ce qui concerne leur niveau de maturité, ils étaient comparables à des gosses. Des gosses qui auraient passé trop d'heures enfermés dans leur chambre au lieu de sortir jouer.

En voyant les têtes effarées de ses interlocuteurs, le Mage eut un nouveau rire. Il était si spontané, ce rire, que Turan sentit Achab se raidir sous sa main. Il le rassura d'une caresse.

– Je sais, dit le Mage. On a peine à admettre que le désastre dans lequel nous pataugeons soit dû à une bande de gamins attardés. Et pourtant, si vous y réfléchissez, nous sommes bien coincés dans un *jeu vidéo.* Et un jeu vidéo qui n'a rien de subtil. Des cyborgs qui se massacrent à coups de poing, des mutants dotés de pouvoirs, un désert de métal... À un moment, je me suis dit : *Si tu étais un gamin de onze ans, où aurais-tu caché la nourriture ?*

Le Mage se leva de son trône. Elle fit signe à ses hôtes de rester assis, et marcha jusqu'à une paroi rocheuse qui faisait face à la machine. Arrivée là, elle ferma le poing et donna trois petits coups secs contre la paroi.

Avec un bruit granuleux, une cavité rectangulaire s'ouvrit en coulissant sur le mur. Le Mage y plongea les mains, puis elle se retourna vers Turan et ses amis. La main gauche brandissait une fiole bleue. La main droite, elle, tenait un étonnant *item*, composé de petites boules qui formaient un triangle violet.

– C'est censé être une bouteille d'eau et une grappe de raisin. On ne peut pas dire qu'ils aient soigné le graphisme, mais cela remplit son office.

Pour prouver ses dires, elle but à la fiole et croqua un grain à même la grappe.

– Voilà. Chaque jour, je peux trouver des provisions dans cette cachette. Le menu ne varie guère, mais il me permet de survivre. Or, il m'est vite apparu que je *devais* survivre. Résister aux élans suicidaires que m'inspirait l'horrible solitude à laquelle j'étais condamnée – alors qu'il n'existe pas de pire châtiment, pour un humain, que la solitude. Mais c'est précisément au nom de l'humanité que ma survie était un devoir. Parce que j'ai compris que la solution du jeu ne pouvait venir que de moi.

Elle envoya un clin d'œil à Lya.

– Et de vous, les spéciaux.

Le Mage alla se rasseoir. Elle posa les deux *items* à ses pieds, prit son souffle. Elle en arrivait au point le plus important de son discours, et ses hôtes le savaient.

– Le miracle s'est produit le jour où un cyborg est venu se réfugier dans ma grotte. Il avait réchappé de justesse d'un combat, et il était très mal en point. Ses capteurs grésillaient de partout, plusieurs de ses implants lui avaient été arrachés. À propos, Turan, je suppose que tu as souffert d'une désagréable migraine, tout à l'heure ?

– Oui, répondit le cyborg brièvement, par crainte que le Mage ne perde le fil de son récit.

– C'est de ma faute, dit-elle. J'étais en train d'effectuer des réglages sur ma machine, et cela a produit d'importantes déflagrations magnétiques. Extrêmement dangereuses pour un cyborg.

– J'ai survécu, coupa Turan.

Le Mage hocha la tête, songeuse.

– Je le vois. Revenons donc à ce cyborg échoué à ma porte. En le trouvant, j'ai obéi à mon instinct : j'ai volé à son secours. C'est ce que font les humains. Seulement, j'ignorais comment lui venir en aide. Les capteurs, les circuits… je n'y comprenais rien.

Elle releva le menton, et ses yeux parurent briller dans le noir.

– Du moins, c'est ce que je croyais.

– Que voulez-vous dire ? demanda Lya.

Turan sentit qu'elle lui prenait la main pour affronter la révélation à venir.

– Eh bien, reprit le Mage, il m'a suffi de toucher le bras de ce cyborg pour avoir une *vision*. Une vision précise de son système interne. Je me suis aperçue que j'étais un génie de l'électronique ! Une humaine banale, certes, mais possédant un talent assez extraordinaire. En quelques secondes, j'avais réparé ses capteurs et remis ses implants à neuf. Il n'a, étrangement, même pas pensé à m'attaquer. Il est retourné à ses combats, où il a dû périr.

Un voile de tristesse passa sur le visage du Mage. Elle poursuivit :

– Mais en partant, il avait laissé derrière lui quelques câbles électriques, ainsi qu'un implant dont la forme évoquait celle d'une batterie. Vous souvenez-vous de ces lampes qu'on allumait d'un simple *clic* d'interrupteur, dans l'ancien temps ?

Les quatre amis acquiescèrent. L'image était floue, peu stable, mais ils pouvaient la voir flotter dans leur esprit. Une boule transparente qui, subitement, brillait comme un soleil miniature… De la magie à portée de main.

Turan eut même un flash, celui d'un jeune garçon ouvrant les pans de son imperméable pour dévoiler deux lampes torches accrochées à sa ceinture*.

– Continuez, murmura-t-il.

– Je m'y apprêtais, mon ami. Figurez-vous qu'il m'a suffi de procéder à quelques modifications sur cet implant, puis de le relier à des câbles…

Elle frappa dans ses mains, deux fois, et la salle s'éclaira.

– … pour que la lumière soit !

Incrustées dans les murs, des centaines d'ampoules brillaient. On entendait résonner quelque part, comme de très loin, le ronronnement régulier d'un appareil.

Les visiteurs se levèrent, ébahis.

Ils ne pouvaient pas le croire. C'était impossible !

Le Mage, qui s'attendait à leur réaction, les exhorta au calme. Ils clignèrent des yeux afin de s'habituer à la lumière artificielle.

– Pour obtenir ce système lumineux, j'ai eu besoin de nombreux composants supplémentaires… Toutefois, l'essentiel de ma production d'énergie est venu de cet implant que j'ai utilisé comme une batterie, et que j'ai relié à un pédalier mécaniquement animé.

– Incroyable ! s'exclama Aristide.

– Ce qui vous semble incroyable m'est, en fait, assez facile à réaliser. Je sais qu'en dehors de cette caverne, les outils électroniques ne fonctionnent pas, et je suppose que si vous tentiez de les manipuler, ils resteraient inertes… Mais, je vous l'ai dit : je suis une exception.

Lya fut la première à se rasseoir.

– Et quand vous avez compris que vous arriviez à produire de l'énergie, vous avez eu l'idée de créer cette machine.

Suivant l'impulsion de la spéciale, les autres se rassirent. Le Mage reprit :

– À vrai dire, je n'ai fait qu'obéir à une voix intérieure, qui guidait mes gestes. Ma conviction est que les concepteurs du techno-virus ont en quelque sorte « placé » la solution à leur jeu – celle qui permettrait sa possible destruction – à l'intérieur de mon cerveau. On voit ça tout le temps chez les despotes : en un sens, ils savent que ce qu'ils font est mal, et ils veulent qu'on les arrête. Je détenais le moyen de changer le monde. Il me fallait seulement d'autres composants.

Elle s'étira, fatiguée d'avoir tant parlé. Elle parvenait au bout de son récit.

– Par chance – mais là encore, peut-être qu'il ne s'agit pas d'un hasard –, d'autres cyborgs sont venus se réfugier chez moi. Avant qu'ils ne m'attaquent, je leur ai proposé un marché. S'ils me rapportaient des composants électroniques, des câbles et des écrans, je leur bricolerais des armes performantes avec une partie du butin, et je garderais le reste.

– Les pillards, souffla Lya.

À sa gauche, Joris approuva d'un discret hochement de tête.

– Oui, répondit le Mage. Ils ont bien travaillé. Au bout d'un certain temps, j'ai fini par obtenir assez de composants pour fabriquer ceci…

Elle désigna sa machine d'un index désinvolte.

– … et ensuite, j'ai chargé les cyborgs de me ramener des spéciaux. J'avais découvert que, pour provoquer un phénomène aussi considérable qu'une rétroversion du réel, j'aurais besoin de combiner les radiations électromagnétiques de ma machine avec une forme d'énergie particulière : de l'énergie *organique*. L'équivalent d'un effort musculaire, mais amplifié bien au-delà des limites du monde physique. Autrement dit, des superpouvoirs.

L'index bifurqua pour désigner Lya, Joris et Aristide.

– C'est là que vous entrez en jeu, mes amis. Le malheur est que j'aie mis tant de temps à faire cette découverte ! Pendant que je travaillais, vos pareils ont été exterminés à une vitesse stupéfiante. Enfin, vous voilà. En toute franchise, j'ignore si vous serez assez nombreux, à vous tous, pour alimenter ma machine. J'ignore même si elle va fonctionner correctement, ou si elle ne va pas exploser, vous piégeant à jamais à l'état de particules d'énergie dans les limbes d'un autre monde... Je ne peux être sûre de rien. Je n'ai que de l'espoir.

– Il faudra se contenter de ça, dit Turan. On est prêts à prendre le risque !

Paraissant se souvenir de la présence du cyborg, elle lui adressa un sourire navré.

– Ton énergie cybernétique ne ferait hélas que dérégler la machine, de même qu'elle a saturé tes capteurs. Tu ne peux pas entrer dedans. Tu n'as plus de rôle à jouer, à ce stade. Le risque dont tu parles, ce sont tes trois amis qui le prendront... pas toi.

En entendant la sentence du Mage, Turan sentit sa gorge se serrer. Ainsi donc, il ne ferait pas partie des héros de cette histoire ; il ne serait pas de ceux qui sauveraient le monde, ou qui se seraient au moins sacrifiés pour tenter de le faire... Il n'aurait, au mieux, que joué le rôle de subalterne.

Lya serra sa main plus fort. Elle avait perçu sa détresse.

Tu n'as aucun regret à avoir, Turan. Tu as été exceptionnel. Et même si je ne comprends qu'une part infime de ce que cela signifie, je crois bien que je t'aime.

Les mots qu'elle venait de prononcer par la voie télépathique fusèrent dans les circuits du cyborg, inondèrent ses capteurs et l'atteignirent au cœur. Alors Turan ferma les yeux pour répondre, sans émettre un son :

C'est toi qui as raison, comme toujours. Merci, Lya. Et même si je suis encore moins capable que toi de comprendre ce que cela signifie, je crois que je t'aime aussi.

Un battement de mains les interrompit. Le Mage posait sur eux un regard amusé.

– Eh bien ! Une idylle entre une spéciale et un cyborg… Qui aurait imaginé cela ? Mais il est vrai que tu parais assez singulier, mon cher Turan. Peut-être plus encore que nous ne le pensons. Tu peux être fier de toi : sans ton aide, jamais tes amis ne seraient arrivés ici.

S'accordant un instant de répit, le Mage examina le visage de chacun de ses hôtes avec une visible émotion. Une émotion telle qu'aucun d'eux ne saurait en éprouver. Elle se leva de son siège, dominant ses auditeurs.

– L'heure est venue de changer les choses !

4

RÊVER NE SERT À RIEN

Mercredi 8 février,
vous savez bien où.

Loué soit le PCCC !

Depuis un mois, au lieu de l'abominable cours de SVT que nous administrait Mme Soufron et du médiocre cours d'histoire de M. Joffre, nos mercredis sont entièrement dédiés aux PCCC. Nous sommes libres d'avancer sur nos projets en salle informatique, ou même chez nous si nos parents nous y ont autorisés ! Il va sans dire que les miens ont signé la décharge les yeux fermés.

Cela étant, mon bizarre petit cerveau n'est pas dupe de la manœuvre opérée par ces messieurs de l'Éducation nationale. En prétendant vider notre mercredi de ses heures de cours pour que nous puissions nous consacrer à nos PCCC, ils feignent d'oublier qu'en temps normal, nous n'allons au collège que le matin. Or, si nous voulons assurer un rendu pour le 1er avril, nous avons intérêt à cravacher chaque mercredi jusqu'à 19 heures minimum.

C'est une manœuvre vieille comme le monde libéral, et il me semble qu'on fait subir à peu près les mêmes entourloupes aux chômeurs de notre pays, en faisant mine de leur offrir des choses qu'ils n'étaient pas sûrs de posséder pour leur en subtiliser d'autres qu'ils ignoraient détenir.

En réalité, on devrait sans doute se révolter contre ce genre de stratagème, monter au front pour exiger qu'on rétablisse les prestations des chômeurs et qu'on nous rende notre temps libre du mercredi après-midi. Tiens, on pourrait choisir le lundi comme jour du PCCC ! En prime, ça nous permettrait d'échapper aux cours de M. Magnard... Depuis que Jamal l'a vaincu, son inventive cruauté a cédé la place à un morne cynisme. À mon avis, il ne finira pas l'année ; on lui accorderait une faveur en faisant sauter son cours.

Toujours est-il qu'on devrait se rebeller, mais on ne le fait pas. Et vous savez pourquoi ? Pour la même raison que les chômeurs ne se plaignent pas quand on leur rabote plusieurs euros par mois à chaque réforme du code du travail.

Parce qu'on est des gens sérieux. On croit en ce qu'on fait. On est entiers, purs et sans malice ! On est trop pleins d'enthousiasme, de passion, trop dévoués à nos projets pour entrer dans de vils petits comptes d'apothicaires.

Quand je vois avec quelle ferveur la quasi-majorité de nos camarades avancent sur leurs PCCC, je renoue avec ma foi dans l'humanité. Le groupe de Fatima travaille sur un plan de réorganisation du recyclage des déchets produits par le collège. Celui de Damien, sur une comédie musicale adaptée du *Phèdre* de Racine. Celui de Mano, sur la fabrication d'un volcan miniature conçu d'après le modèle du mont Marsault, qui domine notre région, avec structure en bois, reliefs en papier mâché et éruption en sauce bolognaise. Celui d'Iris, sur une opération marketing visant à implanter une marque de vêtements éco-conçus. Celui de Chiara, sur la marque de vêtements en question, de la couture jusqu'au défilé de créateurs – c'est d'ailleurs Cécilia qui est chargée du stylisme des costumes, et comme je n'ai pas pu m'empêcher de l'espionner, je peux affirmer que ses croquis sont magnifiques.

Bien sûr, si j'ai parlé de « quasi »-majorité, c'est parce que tous les élèves ne jouent pas le jeu. Je ne sais pas à quoi le trio des super-vilains consacre ses mercredis, mais je doute que ce soit très productif. À moins que leur PCCC ne concerne la libéralisation du cannabis ?

De toute façon, on s'en fiche de ces débiles. La bonne nouvelle, c'est que ces derniers temps, ils se désintéressent à peu près de Jamal. Ils lui font tomber son sac quand ils le croisent dans un couloir, comme à mon frère. Ils vont jusqu'à cracher sur ses chaussures neuves, mais c'est tout.

Je sais : je ne devrais pas dire ça. « C'est tout » ? C'est déjà trop, tellement trop…

Seulement, comme Jamal refuse de les dénoncer, je suis bien obligée de me mettre au diapason avec lui, non ? Il n'endure pas plus d'humiliations, désormais, que Maxime. Il est tombé dans le peloton des harcelés. D'une certaine manière, je prends ça comme une consolation.

Voilà : c'est aussi pour ce genre de raison qu'on ne se rebelle pas. Parce qu'on se contente de trop peu. Parce qu'on accepte le sort des Jamal et des Maxime au lieu de se rebeller.

Ce matin, nous avons divisé notre quatuor en deux : Maxime et Jamal d'un côté, Siméon et moi de l'autre. Pour que les séances de travail soient plus efficaces, on s'est rendu compte qu'on avait besoin de réorganiser les groupes en fonction de ce que chacun fait. Après un mois entier à vectoriser les décors de Siméon et à storyboarder le scénario de Jamal, il est temps de passer à l'étape suivante : l'animation des premières scènes.

Autant dire qu'on se frotte les mains. Siméon, à l'idée de voir ses héros bouger à l'écran, *pour de vrai Maxine, comme des vraies putains de personnes !*, en oublierait presque qu'au départ, ils sont nés de l'imagination de Jamal. Lequel a du mal à s'en tenir au rôle « consultatif » auquel il est censé être limité pour ce qui concerne la partie graphique du film.

Aucun d'entre nous n'a jamais ré-évoqué l'hypothèse du rêve commun... Ce phénomène incroyable est allé se terrer là où il devait rester : dans le gouffre de nos mémoires.

Pendant que Jamal accompagne Maxime à la « pêche aux sons », en prévision de l'introduction des bruitages, je bosse en duo avec Siméon, dans ma chambre.

Je suis assise à mon bureau face à l'ordi, Siméon est debout, tordu comme un point d'interrogation pour se pencher par-dessus mon épaule, bien que je lui aie proposé cent fois, pour son confort et le mien, de prendre une chaise.

On travaille dur. Je vectorise, il commente.

– Tu trouves pas qu'il a une drôle de gueule quand il brandit sa lame, Turan ?

– Hmm, non. Ça va, je le trouve bien.

– On dirait qu'il fait un doigt d'honneur, sérieux.

Je réprime un soupir.

– T'exagères. Et de toute toute façon, c'est un peu l'idée de la scène, non ? Il est seul dans ce désert pourri, il ne fait que se battre du matin au soir, il n'a aucun espoir de changement. Je peux comprendre qu'il ait envie de dire « Allez vous faire foutre ! ».

Non sans satisfaction, je note le léger sursaut de Siméon. Mes amis ne s'habituent pas à me voir jurer. Ils devront s'y faire : je ne veux plus être une gentille fille modèle.

– On passe au retour des huskies sur la colline ?

Siméon tape dans ses mains.

– Yes ! Mes toutous d'amour ! Il faut surtout soigner les yeux, tu sais ? Le rougeoiement des billes à infrarouge, c'est *le* détail qui change tout !

– Je sais, Siméon.

– Je sais que tu sais, c'est juste pour être sûr ! Et puis, il y a l'effet « chromé » à rajouter. Il faut absolument qu'on comprenne que les corps des chiens sont en chrome, hein ?

Misère. Les références filmiques, c'est plutôt le domaine de Jamal que le mien, mais je me surprends à visualiser cette scène culte où un écrivain psychopathe tape en boucle la même phrase sur sa machine. Avant de pourchasser sa famille avec une hache*.

– Je *sais*, Siméon !

À cet instant, il abat une de ses grandes mains sur mon épaule, et je note la touche de gravité dont s'est teinté son regard.

– *Comment* tu sais ? Comment tu peux avoir une vision aussi claire de mes huskies ? Dis-le, Max ! Toi aussi, tu l'as fait, ce rêve ! J'en suis certain ! T'étais trop bizarre, la fois où on en a parlé... Je suis sûr que tu l'as fait... ce rêve... parce que ce n'était pas... Enfin...

Il s'arrête, tel un jouet mécanique arrivé au bout de son ressort. Je me doutais bien que, si l'un des garçons tentait d'aborder le sujet du rêve collectif, ce serait Siméon. À cause de cette envie de croire qui vibre encore en lui, envers et contre tout.

Mais, au dernier moment, son inconscient l'en empêche ; il est tout simplement impossible d'aborder ce phénomène par le prisme de la raison.

Dans un soupir, je le libère :

– Allez, on s'y remet. Les huskies, donc.

Il ne répond pas. Je remarque qu'il reste immobile, les bras enroulés autour du corps, et qu'il retient sa respiration. On dirait un enfant qui joue à cache-cache.

D'un coup, je comprends ce qu'il est en train de faire.

– Pour la centième fois : *non, tu ne peux pas te rendre invisible.*

Il baisse la tête, déçu.

– Oublie ça, Siméon. On n'a pas de superpouvoirs, on n'en a jamais eu et on n'en aura jamais. C'est juste une *histoire*, tu te souviens ? Rien qu'une histoire.

Pourtant, à l'instant précis où je prononce ces mots, je me souviens de ce film que j'adorais, petite, dans lequel le héros essaie de se convaincre que l'aventure dont il lit le récit n'est « rien qu'une histoire », alors qu'en vérité, elle est bien plus que cela… infiniment plus*…

Je secoue la tête. Assez de bêtises : au boulot !

*

* *

Si Jamal était capable de balancer un boost-punch, il y a longtemps que la mâchoire de Nilton aurait volé en éclats. Étendu sur le dos dans la terre boueuse du parc, il sent le poids des baskets de son agresseur lui écraser la poitrine. Une part de lui voudrait mourir de honte ; l'autre rêve de tuer ces sales types qui ne le laisseront jamais en paix.

– On se calme, Baloo, ricane Nilton au-dessus de lui.

Et pour marquer le coup, il appuie plus fort sur le torse de Jamal. Celui-ci distingue, derrière la montagne que forme Nilton, les deux autres en train de piétiner le matériel de Maxime, qui reste prostré contre un arbre, à les regarder détruire tout ce qui l'anime dans la vie. Des heures de sons soigneusement collectés – des bruits curieux, étonnants, amusants ou effrayants, cris d'oiseaux, voix d'enfants, claquements de porte, chant du vent dans les arbres, hurlements de moteurs, silences bourdonnants. Des dizaines d'heures de travail anéanties en quelques secondes.

– F'est fuper coftaud, comme matof ! glousse « Hulk Saucisse » Rayan en démolissant le micro préféré de Maxime.

« Mad Mathias », de son côté, démembre avec une inquiétante méticulosité les composants de l'enregistreur, qu'il répartit autour de lui en tas minuscules, en chuchotant :

– C'est un sale mercredi pour Mowgli... un sale mercredi pour Mowgli...

Baloo et Mowgli. Tout est parti de là. Jamal et mon frère étaient accroupis au pied d'un arbre, Jamal tenant l'enregistreur et Maxime tendant le micro pour capter le discret tapotement du bec d'un pivert contre l'écorce, quand Nilton et ses sbires les ont surpris.

Peut-être qu'ils ne les auraient pas remarqués si Jamal n'avait pas sursauté en les entendant débouler, défoncés au cannabis, dans le parc. La peur qu'émet une proie excite le prédateur, c'est bien connu.

– Regardez, les mecs ! a crié Nilton. Baloo et Mowgli en train d'interviewer un arbre !

En voyant Nilton foncer vers lui, Jamal a pensé : *Terrak le Ravageur*. Il a même eu une vision assez nette du viking bodybuildé de son histoire, une vision qui s'est comme posée en surimpression de la silhouette, déjà imposante, de Nilton.

Et c'est peut-être à cause de cette vision qu'il s'est dit que, cette fois, il ne se laisserait pas faire. Il allait lui coller une bonne trempe, à cet enfoiré qui le persécutait !

Dans sa tête, il a vu avec précision l'enchaînement de coups qu'il allait porter. Un premier direct du droit pour surprendre, un deuxième pour faire une percée, puis un classique crochet du gauche, suivi d'un balayage éclair pour mettre le salopard à terre.

C'est ce qu'il a essayé de faire.

Sauf que Nilton a intercepté son premier direct sans difficulté, avant de tuer dans l'œuf le merveilleux enchaînement d'un grand coup de coude en plein visage.

Jamal a hurlé de douleur en sentant son arcade sourcilière se fendre, et il s'est effondré comme une chose sans poids ni consistance, une poupée de son.

Ensuite, Nilton l'a immobilisé pendant que ses gorilles bousillaient le matériel de Max – qui n'a pas fait mine de résister, que ce soit avec ses poings ou d'hypothétiques rafales soniques.

En tâtant son œil gauche qui, déjà, commençait à enfler, Jamal s'est dit qu'il avait été vraiment stupide de prendre ses rêves pour des réalités, même pour une seconde.

Il est allé encore plus loin, alors qu'il voyait les trois salopards se tirer en riant, tout fiers de leur forfait. Il s'est dit : *rêver ne sert à rien.* Il s'est dit aussi qu'il ne serait jamais un héros, dans cette réalité ou une autre. Jamais.

Mais alors même qu'il formulait ces pensées, son regard est tombé sur une flaque d'eau de pluie, à côté de son coude. Dans cette flaque d'eau, il a aperçu le reflet d'une personne spéciale : Cécilia. Elle n'avait rien vu de la scène, parce qu'elle lui tournait le dos et qu'elle était occupée à dessiner, assise sur un banc à quelques mètres de là.

Encore sonné mais soudain plus lucide, Jamal l'a contemplée. Un casque sur les oreilles, du metal plein les tympans, elle dessinait avec soin, avec amour. Il l'a trouvée belle, même si, pour la première fois depuis qu'il s'était avoué le crush qu'elle lui inspirait, il a peut-être compris qu'il ne la connaissait pas si bien que ça. Peut-être a-t-il admis aussi que c'était moins de Cécilia qu'il était amoureux que d'une certaine image de Cécilia… Il la voyait ardente et revêche, il la découvrait sérieuse et appliquée. Ça lui a fait prendre conscience d'une chose à la fois simple et complexe : tout le monde a plusieurs facettes. Des faiblesses cachées, mais aussi des ressources secrètes.

S'arrachant à la contemplation de Cécilia, son regard est tombé, dans l'eau, sur son propre reflet…

et cette fois, avec la meilleure volonté du monde, il n'a pas pu ne pas voir, dans l'image de son visage à l'œil ensanglanté, un écho de celui de Turan le cyborg. Un écho amoindri, mais bien réel.

En arrière-plan, le reflet bleui de Maxime lui a souri comme s'il comprenait tout ce qui se passait dans sa tête. Et c'était sans doute vrai.

Alors, tout en se sentant plus désespéré que jamais en ce jour de défaite, Jamal a autorisé une infime partie de lui à recommencer à croire, *envers et contre tout*, à une possible réalité de son rêve.

Peut-être que rêver ne servait à rien, en effet... mais peut-être que, malgré cela, ça valait quand même le coup de rêver.

5
PROJECTION

Vendredi 17 mars,
dans notre bonne vieille ville – mais
peut-être pas seulement.

J'ai failli ne pas la voir. Si je ne l'avais pas vue…
Mais à quoi bon ce genre de questions ?

Si je n'avais pas vu Cécilia ce matin-là, assise à l'arrêt de bus.

Si Jamal n'avait pas pris des notes au lendemain du fameux rêve au lieu de se dire qu'il le ferait plus tard – et de reléguer ainsi le songe dans les tréfonds de sa mémoire.

Si nous ne nous étions pas blottis les uns contre les autres, ce soir d'avant Noël, reconnectant accidentellement le souvenir endormi en nous.

Si nous n'avions pas été qui nous sommes, qui nous avons été, qui nous serons.

Ce sont des questions sans réponse, et elles font bien de le rester, je crois. Tous les « si » du monde n'empêcheront pas certains chemins de s'ouvrir devant nos yeux lorsqu'ils doivent le faire, n'attendant de nous qu'une seule chose : que nous allions à la rencontre de notre destin.

Ce matin-là, un vendredi, j'ai failli ne pas voir Cécilia, assise – ou plutôt prostrée – sur le banc en plastique de l'arrêt de bus. Seulement, je l'ai vue. Un éclair bleu a vibré dans le coin de mon regard, me figeant en pleine course ; j'ai tourné la tête vers ma gauche, et derrière la jungle de ses cheveux teints, j'ai reconnu Cécilia.

Il était 9 h 25. Beaucoup trop tard pour attendre le bus, puisqu'on devait être à 9 h 30 au collège pour le cours de maths de M. Izmir. En courant, j'avais tout juste le temps. C'était d'autant plus miraculeux, d'ailleurs, que je me sois arrêtée.

Avec Max, on avait passé la nuit à terminer la post-prod du film, et j'avais même grignoté sur mes précieuses minutes du petit-déj pour fignoler les derniers détails.

– Pars devant, je te rejoins.

C'est ce que j'avais dit à mon frère, pensant n'en avoir que pour un quart d'heure. Mais je m'étais laissé emporter par le travail. Et par ce plaisir intense, presque douloureux, à la perspective de mener un projet à son terme. Au bout de mes doigts, puisque les garçons n'avaient plus vraiment de tâches à réaliser, se trouvait l'aboutissement de notre film.

Il avait un titre : *Le Royaume détraqué*. On lui avait consacré tous nos mercredis, tous nos soirs de semaine et tous nos week-ends pendant près d'un mois et demi, et maintenant, on y était. L'objet de tous nos rêves, la consécration de notre quête.

Quête ? Ouh là. Sursautant face à mon ordi, je m'étais sermonnée. Dès que je me plongeais un peu trop dans l'univers du *Royaume*, je me prenais pour Lya. Je confondais ses pensées avec les miennes. Et j'avais beau lutter de toutes mes forces contre ce sentiment absurde, illogique, il gagnait en puissance à mesure que le film avançait.

Chez les garçons, c'était encore plus flagrant, surtout depuis la fois où Jamal s'était fait casser la gueule par Nilton. Il avait refusé d'en parler à M. Lescal, même si celui-ci avait tenté de lui tirer les vers du nez en découvrant son arcade sourcilière fendue. À ses parents, il avait ressorti le vieux coup de la porte qui te revient en pleine poire. Et eux, ils l'admiraient tellement qu'ils avaient avalé cette couleuvre, l'imaginant en train d'écrire le prochain *Notre-Dame de Paris* sur le seuil de la porte en question.

En apparence, Jamal avait caché à ses proches l'origine de cette cicatrice de la même manière qu'il leur avait dissimulé ses précédentes humiliations.

Mais je devinais, moi, qu'il y avait un élément nouveau à prendre en considération. Je m'en doutais lorsque je le surprenais à tâter sa cicatrice, l'air songeur, comme le héros flippant de ce vieux film qu'il adore, une histoire de chasse à l'homme sur une île déserte*.

L'élément nouveau, c'est que contrairement aux séquelles des autres tortures de Nilton, cette cicatrice n'était pas, pour Jamal, uniquement un motif d'humiliation… Il s'y mêlait aussi de la fierté. Parce que cette cicatrice, à ses yeux, était un pont entre Turan et lui. Une *troublante coïncidence* de plus ; un hasard qui n'en était *peut-être* pas un.

Maxime et Siméon semblaient partager ses suspicions, je le sentais aux regards qu'ils échangeaient quand on se repassait certaines scènes de notre film. Leur foi dans la magie augmentait irrépressiblement, comme un flux de lave.

De mon côté, il me fallait mobiliser toute mon énergie pour résister à cet appel de l'impossible : la tentation de croire.

– Qu'est-ce que tu fous ? j'ai lancé à Cécilia.

Le ton n'était pas plus aimable que les paroles, parce que dans mon esprit, l'image de cette fille restait attachée à celle des trois salopards. Cette fille ne valait rien, c'est ce que j'avais décidé. En réalité, je m'étais contentée de la laisser à son triste sort.

– Qu'est-ce que ça peut te faire ? elle a répondu sans relever la tête.

C'est le timbre de sa voix, je crois, qui a tout changé. Cette impression qu'elle m'a faite d'émerger d'une caverne aussi profonde que ténébreuse. La part la plus humaine en moi a voulu permettre à cette voix de faire entendre la détresse qu'elle cachait.

D'une certaine manière, ma part humaine a pris le contrôle de mon être. Je ne me rappelle pas avoir, de façon consciente, souhaité m'asseoir à côté de Cécilia – je n'aurais même pas cru être capable d'une audace pareille –, mais c'est pourtant ce qui s'est passé. Plus incroyable encore, avant que mon cerveau ait pu s'y opposer, ma main a attrapé celle de Cécilia, qui ne l'a pas repoussée. Et ma part humaine a compris que c'était un geste que cette fille attendait de la part de n'importe qui, depuis des semaines, des mois… une éternité.

– Qu'est-ce qui se passe ? a demandé ma part humaine. Dis-moi.

Cécilia a relevé des yeux noyés de larmes, ces yeux verts qui avaient fait succomber Jamal. Sa voix a fait un effort colossal pour s'extirper de la caverne :

– Ils me tiennent. Ils me tiennent comme un poulet qu'on attrape par les pattes et qu'on garde la tête en bas. Tu comprends ?

– Euh... non, pas vraiment. Qu'est-ce que tu veux dire ? Qui te « tient » ?

– Le poulet, une fois que tu l'as chopé par les pattes, tu lui mets la tête en bas et là, tu sais qu'il ne bougera plus. Tu pourras lui faire tout ce que tu voudras. Tout.

Une marée de larmes s'est amoncelée à ses paupières. J'ai pris les devants :

– Tu parles de Nilton et des autres ? Ils t'obligent... Enfin, ils te forcent... à...

Étrangement, ma part humaine a échoué là où elle avait réussi quelques minutes plus tôt : c'est ma propre faiblesse, cette immense gêne à prononcer des mots simples pour désigner des réalités difficiles, qui a fait vaciller la confiance que Cécilia venait de placer entre mes mains.

D'un coup, j'ai vu son regard se voiler. Elle s'est levée d'un bond.

– Oublie. Y a rien à faire. Personne ne peut rien pour moi, et surtout pas toi !

Et surtout pas toi. Ces mots-là ont résonné dans mon crâne tandis que je regardais Cécilia s'élancer vers le collège, un bras enroulé autour du ventre comme pour contenir une douleur atroce – celle qui l'accompagnait depuis que Nilton et ses sbires la « tenaient ».

Comment est-ce qu'ils la tenaient ? Au fond, la question n'avait pas tant d'importance. Ce qui comptait, c'était que Cécilia souffrait, et qu'elle était la victime d'un chantage odieux.

Si ma part humaine n'avait pas laissé à mon intraitable cerveau le temps de reprendre le contrôle, je me serais lancée à sa poursuite pour la convaincre d'aller voir M. Lescal, ou le CPE.

Oui, je l'aurais fait malgré la jalousie que m'inspirait cette fille.

Je l'aurais fait… s'il n'y avait pas eu un « si » de trop.

*

* *

Cette fois-là, on s'installe dans l'hémisphère gauche, chez Maxime. Parce qu'en cette fin d'après-midi, ce vendredi crucial qui doit voir le couronnement de nos efforts, ce n'est pas d'ordre et de rangement qu'on a besoin. C'est justement du contraire.

La chambre est plongée dans le noir, et les garçons ont tendu un grand drap devant la fenêtre. Siméon a mis un temps fou à le lisser jusqu'à ce qu'il n'y ait plus un seul pli, pendant que Jamal et Maxime installaient le rétroprojecteur. Celui que Mme Ripolis nous a prêté pour qu'on organise cette « projection privée » avant le rendu final, dans quinze jours. Ça nous laissera une marge de manœuvre au cas où on découvrirait un défaut qui nous a échappé.

Étendue sur le lit de mon frère, dos au mur, je regarde mes amis s'activer. Je savoure ce moment de répit avant ce qui va suivre. J'ignore ce qui se produira, mais je sais déjà, d'une façon inexplicable, que ce sera extraordinaire.

Alors je me tiens aussi immobile que possible.

Comme Siméon quand il jouait à être invisible – si, du moins, il ne faisait que jouer.

Gardant le regard fixe, comme Maxime quand il prétendait voir la musique jaillir d'une seule image ; et, de fait, est-ce que ce n'était pas le cas ?

Avec une main posée sur mon visage, comme Jamal tâtant sa cicatrice pour y trouver le héros qu'il voulait être… ou qu'il avait été.

C'est maintenant.

C'est maintenant qu'on va voir ce qu'on va voir.

Dans un silence seulement troublé par le bourdonnement du rétroprojecteur, mes amis se glissent à mes côtés. Et sans un mot, on se serre les uns contre les autres, mettant en commun toute la force de nos émotions pour affronter ce qui va venir.

Car nous sentons bien, tous les quatre, que nous ne pourrons plus nous défiler.

Au bout de quelques secondes, le drap devient un écran blanc, puis noir. Trois mots viennent s'afficher au centre de ce noir crépitant, riche de nos efforts et de nos rêves.

Le Royaume détraqué

Et avant que mon cerveau n'ait pu s'y opposer, je sens une larme tracer sa ligne nette, à la fois glacée et réconfortante, sur ma joue. Et bientôt, d'autres viennent, gonflant mes paupières, ruisselant jusqu'à mes lèvres avides de les boire. J'ai d'abord le réflexe – si bien ancré – de couvrir le bruit de mes sanglots, mais au premier hoquet que je tente de déguiser en toussotement, je m'aperçois que les garçons, eux aussi, pleurent.

Il faut comprendre ; on est si fiers de ce qu'on a créé.

Il faut comprendre ; on est si terrifiés par ce qu'on est en train de découvrir.

Quelque chose que nous ne pouvions pas admettre avant de le contempler tous ensemble, sur grand écran et sous sa forme définitive, dans cette chambre qui nous sert de refuge.

Notre histoire.

Qui n'est ni un simple rêve ni une simple histoire.

*

* *

Il y a longtemps que le mot « fin » est apparu en blanc sur l'écran noir. Longtemps que nous restons silencieux, nos larmes séchant sur nos joues, à écouter résonner quelque part, comme de très loin, le ronronnement régulier d'un appareil. Une machine à produire des images et à restaurer la réalité de certains rêves qui sont bien plus que des rêves.

Naturellement, c'est Jamal qui rompt le silence. N'est-il pas notre prince ? Et pourrions-nous nier après avoir *revécu* notre histoire, qu'il l'a toujours été ?

– C'est vraiment arrivé, murmure-t-il d'une voix feutrée, prudente. Mon cerveau a encore du mal à l'accepter, mais maintenant que j'ai vu le film, je peux vous jurer que mes yeux le savent et que mon cœur le sait... C'est vraiment arrivé !

La voix de mon frère se hisse alors dans l'obscurité, aussi douce que celle de Jamal mais, peut-être, un peu plus affirmée encore que la sienne.

– C'est vraiment arrivé, oui.

J'entends la voix de Siméon trembler quand il ajoute :

– Le techno-virus. Les néo-humains...

Le silence bourdonnant reprend ses droits, pour quelques secondes. C'est à moi de jouer. Je suis extrêmement consciente que tout repose entre mes mains : si je le veux, je peux permettre à la magie de faire entendre sa voix.

Et c'est bien mon intention. Je *veux* et je *peux* le faire ! Pour Jamal, pour Siméon, pour Maxime. Pour Cécilia aussi, qui a besoin de nous. Tant pis pour mon cœur amoureux et jaloux, tant pis pour mon intraitable cerveau qui me hurle que c'est stupide, impossible. Peu importe si c'est stupide ou impossible. Après un temps d'hésitation, je dis :

– Cette histoire, ce n'est pas seulement un film. C'est notre passé, dans une sorte de dimension alternative qui a débouché sur la nôtre.

À travers la pénombre, je regarde Maxime, puis Siméon, puis Jamal, et je lis dans leurs yeux le soulagement de m'avoir entendue prononcer ces mots. J'y lis aussi toute l'affection qu'on se porte, tous les espoirs que l'on place les uns dans les autres. Ce sont mes amis et je ne veux pas les décevoir. Je veux être l'héroïne que j'ai été dans un certain « ailleurs », cette Lya qui n'avait peur de rien, même pas de ses propres sentiments. Alors j'ajoute :

– Seulement… si c'est bien notre passé, je pense qu'il faut qu'on se montre dignes des héros qu'on a été. Vous êtes d'accord avec ça ?

– Je suppose, répond Jamal, intrigué.

– Tu penses à un truc en particulier ? enchaîne Siméon.

Mon frère, d'un signe de tête, m'engage à poursuivre. Je me lance :

– Oui. Il y a une chose dont je dois absolument vous parler. Une chose grave, qui concerne une élève de notre classe. Cécilia. Elle est en danger, vous comprenez ? J'aurais dû vous en parler avant, et je ne l'ai pas fait pour plein de mauvaises raisons. Mais c'est fini. Il faut qu'on aide cette fille. L'heure est venue de changer les choses.

TROISIÈME INTERLUDE
LE CYBORG SPÉCIAL

Le Mage pressa un bouton sur le boîtier de commande de sa machine, et la porte de la cabine centrale coulissa dans un *vzzzzz* dont la tonalité rieuse contrastait avec la tension ambiante. L'intérieur de la cabine dessina un rectangle blanc entre les parois de la grotte.

– Vous qui entrez ici, osez renouer avec l'espérance, chuchota le Mage.

Sur ces mots, elle se tourna vers ses hôtes, qui formaient un cercle devant la cabine.

– C'est l'heure des adieux, dit-elle.

Turan, une main posée sur le cou d'Achab, regardait Lya avec toute l'intensité dont il était capable. Elle lui rendait son regard, s'appuyant au bras de Joris pour affronter l'épreuve. Une épreuve qui lui était aussi peu familière qu'au cyborg. Elle avait beau être moins imperméable aux émotions, ce domaine restait une énigme pour elle. Elle savait qu'en entrant dans cette cabine, elle allait dire adieu à l'homme à qui elle avait dit *je t'aime*, ces mots prononcés comme dans un jeu d'enfants, sans s'aventurer sous la surface des choses.

Par ailleurs, elle allait disparaître. Elle allait mourir, que la machine fonctionne ou qu'elle se contente d'exploser. Elle s'aperçut qu'elle n'avait même pas pensé à demander au Mage comment la rétroversion du réel devait se produire. Elle avait obéi aveuglément, mue par l'espoir. C'était peut-être ça, de se laisser emporter par ses émotions...

Elle s'adressa au Mage :

– Comment votre machine est-elle censée marcher ?

La vieille femme hocha la tête avec mansuétude.

– Je suis soulagée que tu me poses la question. Vous voir entrer là comme des moutons allant à l'abattoir m'aurait peinée.

Elle prit le temps de rassembler ses idées, puis elle poursuivit :

– J'ai parlé de « rétroversion du réel », mais je ne crois pas que cette expression soit judicieuse. Elle donne à penser que ma machine pourrait faire revenir le monde à l'état exact dans lequel il était avant le techno-virus... ce qui est tout à fait impossible.

Lya se crispa et, spontanément, se serra contre son frère en attendant que le Mage continue. Turan et Aristide échangèrent un regard perplexe.

– Je vais tenter d'être claire. Voyez-vous, je n'ai pas fabriqué une machine à remonter le temps.

Ce genre de machine ne peut pas exister. Parce que le temps n'est pas un fleuve qui s'écoule dans un seul sens, plutôt un océan dans lequel d'innombrables cours d'eau se jettent. Remonter le temps n'est pas possible… En revanche, remodéliser le réel, comme l'ont fait les créateurs du techno-virus, me semble être une option envisageable. Nous ignorons pourquoi ils ont donné au monde cette sinistre apparence, mais ils y ont réussi. Notre planète arrivait en bout de course, et ces hommes ont remplacé la version initiale du réel par une autre. Ils ont tourné la page de l'ancien monde pour lui substituer celle qu'ils ont dessinée. Eh bien, si nous ne pouvons pas « gommer » leur dessin, nous devrions être capables d'en poser un autre par-dessus le leur.

En entendant ces mots, Turan eut la vision d'un homme affublé de lunettes rondes qui tendait deux pilules devant lui – l'une bleue, l'autre rouge*. Il l'ignora.

– Si je comprends bien, c'est votre tour de jouer les dieux créateurs ? lança alors Aristide.

Le spécial s'était redressé, sourcils froncés, les poings aux hanches.

– Non, rassure-toi. Je n'ai aucune intention de mouler le réel à l'image de mes fantasmes personnels. La remodélisation aura lieu, mais elle ne se déroulera pas sous le contrôle d'un « dieu créateur ». Ou plutôt, ce dieu sera le hasard.

Le visage d'Aristide se figea dans une grimace interloquée.

– Votre machine…

– Ma machine fonctionne à peu près comme une de ces « boîtes à histoires » que les enfants possédaient dans l'ancien temps. Ce concept éveille-t-il un souvenir en vous ? Disons que ma machine contient un nombre infini de versions du réel, et qu'elle en choisira une, de manière aléatoire. La seule consigne que j'ai pu lui donner en la programmant, c'est de s'orienter vers une version « cousine » de celle qui a précédé le Royaume détraqué. Vous comprenez ce que cela implique, je suppose…

Les héros acquiescèrent. Ils comprenaient. Ils comprenaient que dans quelques minutes, leurs identités allaient être dissoutes, et qu'ensuite – si la machine fonctionnait – ils rouvriraient les yeux sur un monde nouveau, reprenant pied, en même temps que le reste de l'humanité, dans des existences conçues par une machine. C'était assez terrifiant.

– Il faut que vous sachiez aussi que personne ne conservera aucun souvenir de son passage dans le Royaume, reprit le Mage. Le techno-virus a effacé notre précédente existence, mais vous avez toujours su qu'il y en avait eu une autre, *avant* ; vous vous êtes éveillés avec cette conviction ancrée en vous. Avec la remodélisation opérée par ma machine, le phénomène sera autrement plus radical. Vous serez convaincus, en vous matérialisant dans votre prochaine existence, de n'en avoir jamais vécu d'autre. Vos souvenirs, votre identité : tout aura été remodélisé à la racine.

Le Mage eut un sourire ému.

– Cela signifie, mes amis, que personne ne saura jamais ce que vous avez accompli pour l'humanité. Pas même vous, ni moi. Nous nous réveillerons tous dans la peau de personnages différents, amnésiques. D'une certaine manière, cela vaut mieux, non ?

Sans répondre, Turan et Lya tendirent la main l'un vers l'autre. Ils étaient d'accord ; cela valait mieux. Ils s'apprêtaient à quitter un désert vide de sens pour renaître dans un ailleurs plus clément. Cela n'avait pas de prix. En comparaison, leur idylle ne représentait que peu de chose.

– Il est également possible, voire probable…

Le Mage s'interrompit.

– Ce que je vais vous dire est le contraire d'une consolation, mais je ne peux pas taire la vérité, j'en suis incapable. Sachez donc qu'il est *probable* que ceux qui entrent dans la machine aient une chance, une chance infime, de se retrouver dans le prochain monde. Les radiations énergétiques qu'ils auront mises en commun dans la cabine pourraient leur permettre de se « reconnecter » malgré la remodélisation du réel.

Face aux visages désespérés de Turan et Lya, elle haussa les épaules.

– Je sais, mes amis. Je sais. Vous deux, quoi qu'il advienne, vous serez séparés. Mais de toute façon, je doute que le phénomène de *reconnexion* dont je parle se produise. En fait, il ne pourrait avoir lieu que sur un plan immatériel... Par exemple, au détour d'un rêve : c'est par ce biais, uniquement, que les radiations issues de la cabine pourraient se relier. Or, nous savons que personne, dans ce monde ou un autre, ne se rappelle vraiment ses rêves.

Elle adressa à Turan un regard chargé de bienveillance.

– N'aie donc pas d'amertume, mon ami. Tu oublieras celle que tu aimes et tu seras oublié d'elle, mais c'est notre lot commun. Nous condamnons, aujourd'hui, l'humanité tout entière à l'oubli, afin de lui offrir une possibilité de renaître.

– En espérant qu'elle ne commette pas les mêmes erreurs que la précédente, dit Aristide, qui désigna la caverne et, au-delà, tout le Royaume.

– Il faut l'espérer, confirma le Mage. Il faut espérer que les humains sauront se montrer à la hauteur de la deuxième chance que nous leur offrons.

Elle pointa sur la machine un index déterminé : il était temps. Les trois spéciaux entendirent l'invitation muette. Aristide flatta la tête d'Achab, adressa un clin d'œil à Turan, puis entra dans la cabine. Joris le suivit, après s'être incliné face au cyborg, les deux mains croisées sur son cœur. Enfin, Lya s'avança vers lui, laissa glisser une main sur son visage anguleux.

On n'y lisait aucune émotion particulière, mais elle savait, elle, qu'il souffrait terriblement à l'idée d'être à jamais séparé d'elle. Elle n'avait pas besoin d'user de télépathie pour le savoir.

– Le prochain humain que tu seras, Turan, méritera d'être connu. Je n'ai aucun doute là-dessus. Ça, c'est une forme de consolation.

Et ce fut tout. Il n'y avait rien à ajouter, ils ne s'embrassèrent pas comme les héros le faisaient dans ces films dont Turan avait des souvenirs fugaces. Ils se contentèrent de se séparer en taisant leurs souffrances, et en se disant, sans un mot, qu'ils étaient heureux de s'être rencontrés.

La dernière image que Turan vit jaillir en lui, alors que la porte de la cabine se refermait sur les spéciaux, fut celle d'une voiture décapotable s'élançant dans le vide, au cœur d'un désert ocre couronné par un ciel aussi clair qu'une rivière*.

*

* *

La porte venait de se refermer lorsque la silhouette de Terrak se projeta, spectaculaire, sur une paroi de la caverne. Pendue à elle comme un immonde singe, celle de son sbire au masque mortuaire s'agitait à ses côtés.

– Terrak le Ravageur ! vociféra le chef. Terrak le Ravageur !

Turan fit volte-face. En un flash, il vit un cowboy imaginaire dégainer son revolver pour abattre un ennemi tapi dans l'ombre d'un grenier*. Mais il n'avait pas d'arme, à part la lame bardée à son avant-bras, et il savait qu'il n'avait aucune chance de l'emporter face aux deux assaillants.

Les spéciaux, piégés dans la cabine, ne pourraient pas l'aider. Il fallait tenter autre chose.

– Terrak, écoute-moi !

Le combattant au casque de viking ne parut pas l'entendre ; il s'avançait, le regard meurtrier. Achab lui sauta dessus, ouvrant la gueule pour mordre, mais Terrak le renversa d'un seul boost-punch. Le chien échoua à se relever : il était hors circuit.

Turan se mettait en garde lorsqu'il vit le Mage dément s'interposer devant lui. La vieille femme irradiait de prestance dans sa tunique orangée. Elle semblait l'incarnation de la sagesse.

– Arrête, dit-elle. Qui que tu sois, tu ne veux pas détruire cette machine. Tu ne veux pas nous empêcher de sauver le monde ! Est-ce que tu comprends ce que cela signifie ? Ta vie aussi va changer. Tu pourras, toi aussi, échapper à cet univers stérile et…

Un coup de coude en plein visage mit fin à sa tirade ; la vieille femme s'effondra, assommée, sans que Turan ait rien pu faire.

Il releva les yeux vers Terrak et comprit alors pourquoi ce cyborg les avait poursuivis ainsi, envoyant toute sa horde à leurs trousses. Terrak le Ravageur ne voulait pas d'un autre réel. Terrak n'avait aucune envie d'échapper à la violence qui régnait dans le Royaume détraqué. Ce monde lui convenait comme il était, car c'est de la souffrance des autres qu'il se repaissait ; les sentiments, à ses yeux, n'étaient qu'une faiblesse dont il se réjouissait d'être débarrassé. Quand il s'était éveillé dans son corps de cyborg, Terrak le Ravageur avait tout fait pour accélérer la course vers l'abîme qu'avait empruntée l'humanité.

Le colosse tira son sabre de sous son ceinturon et le brandit au-dessus du Mage dément. Il n'y avait sans doute aucun point de vie à récolter sur elle, mais cela ne l'empêcherait pas de la tuer.

– Non !

Le cri de Turan résonna tandis qu'il s'élançait. D'un bond supersonique, il se propulsa sur Terrak et le renversa. Puis, bien que sonné par l'impact, il se releva, prêt à éliminer son adversaire…

C'est alors que le sbire au masque mortuaire entra en scène.

– Pas si vite ! cria-t-il d'une voix de crécelle métallique.

Quiconque l'aurait vu s'élever dans les airs, recroquevillé dans une curieuse posture de chauve-souris puis se détendant d'un coup à la façon d'un élastique, n'aurait pu qu'admirer la grâce qui animait chacun de ses gestes. C'est une danse qu'il exécutait – une danse macabre.

En plein vol, il prit appui sur une paroi, s'éjecta pour effectuer un saut périlleux et atterrir face à Turan. Tel un rapace déployant ses ailes, il ouvrit les bras de part et d'autre de son corps agile, dévoilant les serres qui formaient un trident de métal autour de chacun de ses poignets.

Turan n'eut pas le temps de réagir. En quelques gestes extraordinairement rapides, l'autre lui lacéra les joues, le cou, le torse et le ventre, arrachant à chaque assaut, outre des lambeaux de chair, les implants qui auraient permis au cyborg de riposter.

Il ne fallut qu'une poignée de secondes pour changer Turan, un cyborg qui avait éliminé des centaines d'adversaires, en une chose sans poids ni consistance, une poupée de son. Il bascula face contre terre, les bras soudés aux hanches, et ne bougea plus.

Puis il s'éteignit comme un appareil débranché.

Seulement...

Seulement, à l'instant précis où son corps de cyborg tombait en arrêt, Turan eut l'impression que son esprit accédait à une « fonction cachée » de son système. Il sentit ses circuits entrer en surchauffe, à mesure qu'une énergie d'une nature nouvelle déferlait de son cerveau pour irriguer les câbles qui couraient dans ses membres. Et il sut, d'instinct, comment utiliser son pouvoir – puisqu'il en possédait un.

Il suffisait de penser à une image. N'importe quelle image.

Une ultime et puissante vision vint le frapper – celle d'une adolescente vêtue en reine du bal qui déchaînait autour d'elle, grâce à des talents télékinétiques, un orage incendiaire*.

Turan sourit et se concentra sur l'image d'une boule de feu. Verte. Ça ferait l'affaire.

Surgissant du néant, cette boule de feu verte apparut devant le sbire au masque de mort. Ce fut à son tour d'être pris de vitesse : en un clin d'œil, la boule l'enveloppa pour le carboniser vif. Les flammes grondantes le réduisirent en poussière.

Puis la boule verte, semblable à un ogre dont l'appétit ne serait pas rassasié, se jeta sur le dos de Terrak à l'instant précis où il allait décapiter le Mage dément. Le feu doubla de volume en s'accrochant au corps du cyborg, et employa toute son ardeur à transformer cette masse de haine en un minuscule tas de cendres.

Lorsque Turan, en tirant sur sa nuque, parvint à redresser la tête, il put voir la boule de feu disparaître avec un crépitement de satisfaction. Soulagé, il se laissa retomber au sol.

*
* *

– Tu as réussi, Turan.

La voix du Mage flottait au-dessus de son crâne. Il comprit, en l'entendant haleter et en voyant le sol défiler sous lui par saccades, qu'elle était en train de le traîner par terre.

– Où… m'emmenez… vous ?

Parler lui demandait un effort prodigieux, son logiciel de communication ayant été endommagé.

– À la cabine, mon ami ! lui répondit le Mage.

Malgré sa confusion, Turan perçut la joie qui imprégnait la voix du Mage.

– À… la…

– Ne parle pas, lui répondit-elle.

Elle marqua un temps pour reprendre son souffle, puis recommença à le tirer vers la cabine.

– Je t'ai dit que tu paraissais assez singulier, Turan. J'ai même ajouté : « Peut-être plus encore que nous ne le pensons », t'en souviens-tu ?

– …

– Eh bien, le terme que j'ai employé n'était pas le plus adéquat. Tu n'es pas singulier : tu es *spécial*, mon cher Turan. Tu es, à ma connaissance, le seul « cyborg spécial » de ce monde !

Elle venait d'atteindre la cabine. Incapable du moindre mouvement, Turan devinait qu'elle s'agitait au-dessus de lui, pressant divers boutons sur le moniteur de sa machine. Il reconnut le *vzzzzz* rassurant de la porte de la cabine.

Et presque aussitôt, il sentit sur son corps les mains de ses amis, qui se pressaient pour le porter, s'enquérir de son état et l'attirer à eux.

La voix du Mage dément s'éleva encore une fois, tandis que la porte se refermait :

– Tu es, tout comme moi, une exception sur cette planète, Turan. Tu as donc toute ta place parmi les héros à qui notre monde devra ce salut. Sois-en remercié, toi, *le cyborg spécial* !

La porte émit un claquement, et Turan sentit qu'on le retournait, de telle sorte qu'il puisse voir au-dessus de lui. Ses compagnons le contemplaient avec douceur.

– Salut, tête de fer, lui dit Lya. Apparemment, on va avoir une petite chance de se retrouver dans l'autre monde, toi et moi… du moins, « au détour d'un rêve ».

Elle lui sourit, puis ajouta :

– Tu sais, si le Royaume détraqué devait avoir un prince, ce serait toi.

Pendant qu'elle prononçait cette phrase, Turan aperçut son reflet sur la paroi de la cabine. Il vit son visage d'androïde se teinter d'une surprenante couleur verte ; la part spéciale en lui émergeait enfin, après avoir été étouffée pendant si longtemps. Il comprit alors que cette part spéciale serait la première à resurgir dans l'autre réalité, celle qui attendait de le voir naître. Il eut également l'intuition qu'il lui faudrait beaucoup plus de temps pour faire éclore en lui, dans cette future existence, la part du combattant.

Mais il finirait par y arriver.

Oui : avec l'aide de ses amis, il y parviendrait.

On entendit un grésillement s'élever entre les parois de la cabine, montant en puissance de seconde en seconde. Ce grésillement s'accompagna d'un torrent de lumière qui parut emplir la cabine, puis noyer les visages des quatre amis.

Pendant un bref instant, Turan eut une vision de ce qu'ils deviendraient dans l'autre monde. Il entrevit un Aristide remarquable à son grand nez et à ses cheveux épais, un Joris aux lèvres closes et au regard songeur. Il vit, au lieu de Lya, une jeune fille discrète qui cachait sa fougue derrière des allures d'enfant sage. Quant au faciès de son propre avatar, joufflu et souriant, il lui sembla incroyablement vulnérable.

Tant mieux, pensa-t-il alors que le torrent de lumière les engloutissait avec le reste du Royaume détraqué. Tant mieux, oui, s'il était vulnérable dans l'autre monde. Il s'était assez bagarré pour une vie entière.

6

CÉCILIA ET NOUS

Lundi 20 mars,
le premier jour du printemps,
chez nous.

C'est une matinée radieuse et un jour important. Important pour Jamal, Siméon, Maxime et moi. Important pour Cécilia.

C'est un jour important que je suis fière de vivre et une matinée radieuse que je me réjouis de déguster, en marchant d'un pas vaillant, côte à côte avec Jamal. Vers notre destin.

On partage les écouteurs de son smartphone pour écouter un morceau d'un vieux groupe : *Karma Police* de Radiohead.

La musique, aérienne, molletonne notre trajet.

Karma police, arrest this man
He talks in maths
He buzzes like a fridge,
He's like a detuned radio

Il bourdonne comme un frigo, on dirait une radio déréglée.

Ce matin, tout semble cohérent. Mieux : connecté. Les arbres sagement plantés que nous croisons le long du trottoir ont l'air de me sourire, la brise me chatouille les narines, jouant les chatons avec moi. Ce matin, je me sens invincible.

Nous n'avons pas eu besoin de réfléchir longtemps, tous les quatre, avant de décider de ce que nous allions faire. Il y avait en nous quelque chose qui savait. Dès lors que nous avions eu accès à… Comment l'exprimer de façon rationnelle et logique ? À la dimension alternative qui précède la nôtre du fait d'une remodélisation aléatoire du réel ?

Ou bien à un rêve collectif ? À une hallucination de groupe ? À un délire complet ?

Je crains qu'il n'y ait pas de façon rationnelle et logique de l'exprimer. D'ailleurs, ça n'a sans doute pas beaucoup d'importance.

Ce qui est important, c'est qu'aujourd'hui, à notre échelle, nous allons changer les choses.

Mon cerveau prend des détours, là. Peut-être parce qu'il aimera toujours comprendre, et que, pour une fois, je dois lui faire accepter le fait qu'il n'y a *rien* à comprendre.

Voilà ce que nous avons admis, tous les quatre, à la fin du film : si notre histoire avait véritablement eu lieu sur un autre plan de la réalité, alors cela signifiait que, sur cet autre plan de la réalité, nous avions été... et je m'étonne de pouvoir l'affirmer sans rougir... les sauveurs de ce monde. Rien que ça !

Dans cette hypothèse, c'est grâce à nous quatre que l'humanité bénéficie d'une nouvelle chance – à condition qu'elle suive la bonne voie.

Bien sûr, il suffit d'ouvrir un journal pour constater que ce n'est pas franchement le cas. La Russie semble partie pour envahir l'Europe, on annonce des pénuries partout dans le monde ainsi qu'une crise économique sans précédent, l'extrême-droite progresse, les marées noires s'accumulent et la fonte des glaces s'accélère, les migrants noyés échouent sur nos rivages tandis que les ultra-riches s'enrichissent, le climat se réchauffe inexorablement, et rien ne semble être fait pour éviter qu'un jour, les plus puissants de cette planète ne décident de confier à la technologie les clefs de notre salut. C'est-à-dire de livrer l'avenir de l'humanité à une bande de gosses qui auraient passé trop d'heures enfermés dans leur chambre au lieu de sortir jouer...

Quand cette pensée se met à occuper trop de place dans mon bizarre petit cerveau, je respire un coup et je me dis que, si nous avons été des héros une fois, nous pouvons le redevenir. Nous n'avons pas de super-pouvoirs ni d'implants bioniques dans cette réalité-là, mais à quoi nous serviraient-ils ? On n'est pas dans un jeu vidéo.

C'est de nos têtes et de nos cœurs que nous devons apprendre à nous servir, pas de nos poings.

Parce que c'est de ça que le monde a besoin : de nos têtes et de nos cœurs.

Voilà pour la première hypothèse. Voyons l'autre, maintenant. La possibilité que notre histoire ne contienne absolument aucune forme de véracité ; il s'agirait d'une pure hallucination, ou d'un gros bobard qu'on se raconterait les uns aux autres dans l'espoir de combler le vide de nos mornes existences d'ados non populaires.

Je ne dis pas que c'est impossible. Cette hypothèse est même plus plausible que l'autre.

Seulement, vous savez quoi ?

Ça ne change *rien*. S'il a pu exister, cachés sous notre peau, des muscles de cyborgs et des aptitudes de spéciaux, tant mieux. Mais même si ce n'était pas le cas, même si Jamal ne devait être rien d'autre qu'un excentrique en surpoids qui préfèrerait mourir plutôt que de décevoir ses proches, Siméon un barjo qui se punit de ne pas avoir pu sauver sa mère du cancer, Maxime un semi-autiste qui cherche dans la musique le parent consolant qu'il n'a jamais eu, et moi une anorexique qui camoufle ses complexes derrière un paravent cérébral, eh bien…

… Eh bien, nous resterions tout de même des héros. Ne serait-ce que parce que nous avons donné naissance, ensemble, à cette histoire. Notre histoire. Nous resterions des héros parce que, dorénavant, nous essaierons toujours d'être *plus* que ce que nous sommes censés être.

Je l'ai prouvé aux garçons quand, après leur avoir dit ce que je savais du harcèlement que vivait Cécilia, j'ai chuchoté à Jamal :

– Il faut qu'on aide la fille que tu aimes… Et c'est la fille qui t'aime qui te le dit.

Et Jamal, à son tour, m'a prouvé qu'il était bien plus que ce qu'il est censé être, quand il a proposé de contacter M. Lescal. Non seulement pour lui parler de Cécilia et de nos soupçons concernant Nilton, Rayan et Mathias, mais aussi pour lui raconter, *enfin*, ce que ces trois-là lui font subir à lui, depuis si longtemps.

M. Lescal a été magnifique. Vous connaissez beaucoup de profs qui accourent chez vous un samedi, pour vous apporter leur soutien ? C'est ce qu'il a fait. Ensuite, il est allé voir Cécilia, et il a réussi à l'amener à se confier.

Je ne sais pas au juste comment ces salopards la tiennent – ou plutôt la tenaient. Je sais seulement que Cécilia a commis une erreur, qu'ils l'ont appris et qu'ils s'en sont servis pour la placer sous leur emprise. Parce que Cécilia, sur ce point, est comme Jamal : elle aurait préféré mourir plutôt que de blesser ses parents. Et elle était persuadée que s'ils apprenaient ce qu'elle avait fait, ils en seraient horrifiés.

Mais grâce à M. Lescal, elle a découvert qu'elle avait tort. La question n'était pas de savoir si elle préférait mourir plutôt de que décevoir ses parents... La question, c'était d'admettre que si elle restait à la merci de ces trois garçons, elle mettait bel et bien sa vie en danger, à force de la garder ensevelie sous des monceaux de honte et de haine de soi.

C'est une matinée radieuse et un jour important. Aujourd'hui, j'accompagne Jamal au commissariat de police. Cécilia nous y attend, ainsi que Siméon, Maxime et M. Lescal.

Nous allons témoigner, consigner les faits par écrit. Porter plainte. Nous allons nous faire entendre ; nous ne nous tairons plus.

Juste à l'instant où je formule ces mots en pensées, Thom Yorke chante à pleins poumons les dernières paroles de *Karma Police.*

For a minute there
I lost myself
I lost myself.

Et le morceau s'achève dans un réjouissant brouhaha d'engins électroniques saturés.

« *Pendant une minute,*
Je me suis perdu
Je me suis perdu. »

Quant à moi, il a suffi d'une minute pour que je cesse d'être égarée.

C'était tout à l'heure, quand Jamal est venu me chercher à la maison. D'une voix tranquille mais ferme, il a demandé à Maxime s'il pouvait partir devant avec Siméon, qui attendait dehors.

– J'ai quelque chose à dire à Maxine. On vous rejoint juste après.

Il me regardait avec toute l'intensité dont il était capable.

Quelques secondes plus tard, il m'a embrassée.

J'ai fermé les yeux, blottie contre lui, et j'ai chuchoté :

– *Je suis tout à fait là où j'ai envie d'être**.

En constatant que je venais de citer une réplique de son film favori de tous les temps, Jamal a éclaté de rire.

Et moi, je me suis dit que personne ne pouvait résister à un rire pareil. Le rire de Jamal…

– Tu rêves ? me lance mon amoureux en posant une main douce sur ma joue.

Je sursaute, prise de court, et m'aperçois que je me suis immobilisée au milieu du trottoir, en pleine divagation. Mon premier réflexe est de m'excuser, de jurer que non, pas du tout, j'étais bien là, c'était seulement un instant de distraction.

Mais je n'ai plus du tout envie de mentir, ni de me cacher.

– Carrément, je réponds.

Il hoche la tête d'un air amusé, puis on se remet en route. Alors, d'un geste qui semble si facile, il prend ma main dans la sienne.

Et tandis que je songe aux jours qui m'attendent comme à des jours indubitablement meilleurs, puisqu'ils vont me permettre d'apprendre et de progresser, je sens la main de Jamal serrer la mienne un peu plus fort.

Les films côté Jamal

p. 9, Peter Faiman, *Crocodile Dundee* (1986)
p. 16, Steven Spielberg, *Hook* (1991)
p. 17, Jean Girault, *La soupe aux choux* (1981)
p. 31, Jean-Paul Rappeneau, *Cyrano de Bergerac*, d'après Edmond Rostand (1990)
p. 94, George Miller, *Mad Max* (1979)
p. 96, Fritz Lang, *M le maudit* (1931)
p. 98, James Cameron, *Titanic* (1997)
p. 100, John McTiernan, *Piège de cristal* (1988)
p. 154, Frank Capra, *La vie est belle* (1946)
p. 154, Joe Dante, *Gremlins* (1984)
p. 156, John Hughes, *The Breakfast Club* (1985)
p. 159, Quentin Tarantino, *Pulp Fiction* (1994)
p. 175, Joseph L. Mankiewicz, *Ève* (1950)
p. 186, Quentin Tarantino, *Inglorious Basterds* (2009)
p. 212, Stanley Kubrick, *Shining* (1980)
p. 214, Wolfgang Petersen, *L'histoire sans fin* (1984)
p. 222, Ernest B. Schoedsack et Irving Pichel, *Les chasses du comte Zaroff* (1932)
p. 251, Michel Gondry, *Eternal Sunshine of the Spotless Mind* (2004)

Les films côté Turan

p. 41, Martin Scorsese, *Taxi Driver* (1976)
p. 46, Louis Lumière, *L'arrivée d'un train en gare de La Ciotat* (1896)

p. 75, Rob Reiner, *Princess Bride* (1987)
p. 75, James Cameron, *Terminator 2* (1991)
p. 86, Robert Zemeckis, *Retour vers le futur* (1985)
p. 106, Jeannot Szwarc, *Les dents de la mer 2* (1978)
p. 109, Guy Ritchie, *Snatch* (2000)
p. 125, Frank Darabont, *Les évadés* (1994)
p. 130, David Fincher, *Fight Club* (1999)
p. 134, John Milius, *Conan le barbare* (1982)
p. 191, George Lucas, *Star Star Wars IV : Un nouvel espoir* (1977)
p. 194, Steven Spielberg, *Indiana Jones et la dernière croisade* (1989)
p. 196, David Cronenberg, *La mouche* (1986)
p. 202, Richard Donner, *Les Goonies* (1985)
p. 233, Les Wachowski, *Matrix* (1999)
p. 237, Ridley Scott, *Thelma et Louise* (1991)
p. 238, Howard Hawks, *Rio Bravo* (1959)
p. 241, Brian De Palma, *Carrie au bal du diable* (1976)

Je tiens à adresser un remerciement tout « spécial » à Azel
pour ses précieux renseignements sur les films d'animation.
Sans toi, mon beauf & bro adoré,
je n'y aurais jamais rien compris.
(Et, plus embêtant, mes héros non plus.)

Un grand merci également
à M. Lionel Marty
pour ses informations éclairées.

Et puis, même s'il n'en aura sans doute jamais connaissance,
une pensée pleine d'admiration et de gratitude
pour M. Stephen King
dont le merveilleux « Ça » a planté ses racines si
profondément en moi
qu'il me semble en voir luire partout dans ce livre
les fruits vénéneux.

Cet ouvrage a été mis en pages
par Nord Compo à Villeneuve-d'Ascq

Imprimé en Italie par Grafica Veneta
en décembre 2024
pour le compte des Éditions Bayard